鼻

[日] 曾根圭介 —— 著
李惠芬 —— 译

Hana
KEISUKE SONE

北京时代华文书局

目录

暴跌 —— 1

受难 —— 75

鼻 —— 129

暴跌

一

我听见敲门声醒来。似乎是不知不觉睡着了。

睁开眼后,却什么也看不到,我花了几秒才想起原因。

现在的我想看见东西,只有在梦中才能办得到。

然而这样的生活,也即将结束。

敲门声再度响起。

"来了。"

应了门却不知道对方听不听得见。因为我整张脸都缠着绷带,下巴几乎没办法动,无法发出太大的声音。

"你好。"

那人并不是平时的那位土屋女士,从声音判断,对方应该是个年轻女孩。

"您是哪位?"

"我叫田丸,从今天起负责这间病房。"

"您是新来的看护吗?"

"是的。"

"土屋女士呢?"

"土屋女士的女儿昨天住院了,所以临时由我负责这间病房。"

"她女儿住院了?"

"是的,但似乎不是很严重,听说一个月左右就能出院了。"

"这样啊。"

田丸小姐走到床边，重新自我介绍："这段时间暂时由我负责照顾您，我姓田丸，请多指教。"

"我的名字很长，在病房时请用名字的缩写'癣疾专家'称呼我，土屋女士也是这么叫的。不过，在公共场合就得称呼我的全名才行了。"

"好的，我知道了，'癣疾专家'先生。"

"不好意思啊，因为这是合约的一部分。"

"没事，我听护理长说过，这没问题。"

"你也看到了，我这样一个人什么也做不来，万事拜托了。"

我全身打着石膏，被固定在病床上，完全无法动弹。

"彼此彼此，我也担心会照顾不周。"

"你好像很年轻呢。"

从声音上听，田丸小姐应该是二十几岁吧，这令人有点担心。毕竟土屋女士是经验丰富的看护，大小事都能留意到。

"您别担心，我也有两年以上的看护经验。"田丸小姐说。

她似乎读到了我内心的想法。

田丸小姐在工作上很熟稔，这让身体无法自由活动的我，一扫当初的不安，不会对她的照顾感到有压力。

不过，她唯一的缺点就是话很少，尤其又是在爱说话的土屋女士后面接手，更显出她的沉默寡言。我没有办法看书和看电视，当然也不奢望能够散散步。住院中的娱乐只有听收音机以及与人聊天，所以田丸小姐的沉默寡言令我有些伤脑筋。

尤其是关于她自己的出身背景，无论我怎么套话她都没有要聊的意思，似乎是有什么隐情，总是巧妙地带过，故意不去提。

这种状况下就算两人都在病房里，只要我不主动丢话题出去，谈话势必就会中断。不过她工作上很勤奋，把我照顾得无微不至，所以又不可能因为她不爱说话就要求换看护。

"我会再过来的，再稍微忍耐一下吧。要加油哦！"
"好的。"
和如月小姐聊天时，时间总是一溜烟儿就过去。
我已经很久没跟双亲联络，也没有其他朋友，所以会来病房找我的人，除了医院的相关人士外就只剩如月小姐了。
她向田丸小姐交代"癣疾专家就麻烦你照顾喽"后便离开了病房。
田丸小姐似乎在等这一刻，等如月小姐一离开便马上开口：
"她好漂亮啊。"
"对啊。"
"癣疾专家先生和如月小姐聊天的时候，看起来特别开心。"
"不是这样啦，毕竟她对我照顾有加，我总不能怠慢人家吧。"
如月小姐一来病房，我的话就变得比较多，平时不会说的玩笑话也会脱口而出，每天都在照料我的田丸小姐也察觉出这一点了吧。虽然不是揶揄的口气，但我对如月小姐的心意被人看穿，才不禁说出这样的借口。

"如月小姐是藤山会社的人吧？"
"对啊，而且她工作上也冲劲十足，在业界似乎很有名呢。"
"人美工作能力又强，真厉害！"
"我也是多亏她，才能进来这里。"
"原来如此。"

"别看我现在这样,以前我可是银行职员呢。"

"哦,您的工作好厉害啊。"

"对啊,不过后来发生了很多事情,我曾经一度跌落谷底。若不是遇到她,现在的我不知道会变成怎样。"

"如果不介意,您能讲给我听吗?"

"我的事情吗?"

"是的,我想多了解癣疾专家先生。"

"我的故事一点意思也没有哦。"

"我洗耳恭听。"

耳边响起鸟儿的啾唧声。今天难得没有安排任何手术和检查,下午的时间似乎会很漫长。

应田丸小姐的要求,我回忆起之前所发生的事情。

因为人潮拥挤的关系,末班电车里空气闷热得令人喘不过气。

平时这个时间不可能有位子坐,但在第一个停靠站的时候,坐在我正对面的乘客下了车,我很幸运地有座位可坐。坐下来后,我立刻从公文包里拿出明天会议上要用的简报资料,摊开放在大腿上。

离下车还有三十分钟,我岂能浪费这么宝贵的时间。

我所任职的公司是日本三大银行之一的三友 KSJ 友好安心银行新宿分行。这里的工作非常繁忙,加班跟休假日出勤也是理所当然,但因为上司和同事对我照顾有加,所以每天都过得相当充实。

不过,这天我虽然看着资料,精神却始终无法集中,因为有一件事悬在心上。

股价下跌了,而且完全想不出原因是什么。

股价为什么会下跌呢?

这几天无论做什么事,内心的角落都一直牵挂着这个问题。

手里拿着资料却又烦恼起这件事,就在这时电车到站,一名拄着拐杖的老先生上了车。

一看到老先生,周围的乘客马上出现反应。连坐在车门旁位子上的我也连忙跟着站起来,却因为在想事情导致动作慢了一拍。

结果最快牵到老先生手的是隔着车门、坐在对面位子上的年轻上班族。那男人宛如饭店服务生一样,毕恭毕敬地将老先生带到自己原本的座位上。

老先生看起来很老实,深深低头致谢之后才坐到位子上。年轻上班族立刻递上自己的名片。

跟我一样想让座的乘客们,充满敌意与妒意地瞪着年轻上班族,他脸上则露出骄傲的表情。

很少有老人或孕妇会坐末班电车,错失了这个机会真是可惜。

今天股价也跌个不停,我的运气真背。

不行,要停止负面思考。再过十分钟左右就是新的一天了。我小声地说着"就看明天,就看明天",如此激励自己。

从车站到公寓的这段路程,我都骑自行车。

周围是安静的住宅区,深夜里来往的人不多。骑着车穿梭在万籁俱寂的大街上,我又烦恼起股票的事。

"呀!"

女人尖锐的叫声划破了寂静。

我立刻停下自行车四下张望。

"救命！"

我定睛寻找着声音的来处，但街灯依稀照出的大马路上什么也看不到。

即使如此，我仍毫不犹豫地骑车过去。

让座给老先生的年轻上班族那骄傲的笑容，顿时闪过脑海。

这次一定要赶上。

拜托，不要有人过来。

我用力踩着脚蹬子。

前方的十字路口，有两个人影正扭打在一起。

"住手！"我顿时大喊，"你们在做什么！"

"我来救你了，没事了。"右边也传来一个声音。

除了我以外，也有其他人听到女人的尖叫声跑来救援。

我不能输给对方。

但我到达时，一个男人已经被压制住了。

旁边有名年轻女性怕得浑身颤抖，脸上的妆化得很浓，穿着短裙，打扮得非常花哨。

抓住中年犯人的是个身穿运动装的平头男，他脸上露出喜不自胜的笑容。

"这家伙强行抱住这女人。"还没开口问，平头男就自顾自地对我说道。

跟我同样来迟一步，遛狗的男人毫不掩饰脸上的失望之情，他瞪着平头男。

没多久便听到警车的声音。

犯人看来是因为喝醉酒而失了分寸，他应该是个中年上班族。

平头男将犯人交给警察,喜滋滋地做着笔录。被逮捕的色狼则由另一名警察押入警车。他应该还不到五十岁吧,这把年纪应该有家室才对。虽说是喝醉,但这人做事也太不经大脑了吧?

话说回来,今天的运气实在是差。我感觉疲惫重重地落在肩膀上。

回到公寓便看到电话机上的留言消息灯在闪。

"裕二,工作辛苦了。股价又从一大早开始下跌,你还找不出原因吗?爸妈都很在意,我也有点担心……可是,我相信裕二。如果一直都找不出原因,就去找'新宿的老大哥'指点迷津吧,朋友说他挺准的。那么再见,我再打给你哦。"

是绘美的留言。

我打开电脑,再次确认一遍回公司时已经看了无数次的收盘价。既然股市已经收盘,股价就不会改变,明知如此我却仍无奈地叹气。

我顺便查了绘美的股票,价格比我的稍微高一点。

再过两个月我跟绘美就要举行婚礼。以男人的自尊心来说,会希望自己的股价能比新婚妻子的高。

不过再怎么盯着电脑屏幕,也弄不清股价不仅没有上涨,还开始下跌的原因,我的视线仍舍不得离开,盯了好一阵子。

真的很想让座给电车里的老先生。

那位老先生看起来很正直,他应该会向"敬老网站"报告年轻上班族让座给他的事吧。这个网站对股市的影响力不可小觑。让座的伪善年轻人得意地看着自己股价时的画面,似乎就浮现在我眼前。

更令人扼腕的是,回家时的那件色狼骚动事件。

连警察都来了。协助警方逮捕犯人,肯定有利于股价。更何况犯人是个不中用的中年醉汉,也不用担心之后会遭到报复,简直就是典型的高报酬低风险的事件。

盯着屏幕时随即看到新闻报道开始出现"北野大介氏立下大功,顺利逮捕痴汉,深夜上演英雄救美,奋不顾身保护女性"的跑马灯。是那个平头男的新闻。什么奋不顾身嘛,只不过是制伏醉汉而已。

不过,明天开盘时,那个叫北野的男人的股价肯定会上涨。

我啐了一声,关掉电脑。

隔天一早我仍然很在意股价的状况,根本无法专心参加早会。已经到了开盘的时间,我趁分店长讲话时溜去厕所查看股价,却发现"又持续下跌"。股市一开始交易,我的价格就下跌。

为什么会这样?

绘美的双亲也很担心我的股价,他们今早肯定也看了盘。身为新娘的父母,这么做也是理所当然。

大盘的股价是在平盘上下,所以我的股价也不可能急跌,但感觉却是在慢慢减少当中。

虽然不至于跌出"精英圈"之外,但还是很令人在意。

绘美的双亲对出身一流大学、任职于大型银行的我赞不绝口。她父亲自己经营公司,由于绘美是独生女,成为女婿的我将来会继承那家公司是彼此的默契。

我们的婚姻是天作之合。事实上,我跟绘美的股价在公布结婚消息后都上涨了。

这代表股市也祝福我们两人的婚姻。

"究竟为什么会下跌啊?"

我对股价直落的原因仍百思不得其解。

我用手机查询"挚友登录"中那些人的动向，没有人卖掉我的股票。

"干脆来增加'挚友'好了。"

当然跟人的品质也有关系，但一般来说，"挚友"越多在股市上的评价就越好。我想起了几个认识的人。

佐藤怎么样呢？

他是我的高中同学，是个地方公务员，有两个孩子。够稳。

不，他不行。去年同学会的时候，有传言说在土木科的他多次向当地的建筑商图利，说不定是要求什么回扣吧。如果佐藤因为受贿而被逮捕，股价肯定会暴跌。跟这种人成为挚友，连带也会影响我的股价。

安东学长呢？

去年他成为经营有机蔬菜的农业法人，初期虽经营得很辛苦，但最近因为赶上自然生机饮食的风潮，业绩蒸蒸日上。

安东学长的股价比我高得多，因为他的职业是"经营公司"。

且慢，他这人也很危险。

安东学长念大学时曾创立与IT产业有关的创业投资公司，立刻便穷途末路。毕业时创立了高尔夫球会员权利贩卖公司，我记得应该也是两三年就倒闭了。之后虽然陆续开了几家公司，同样都以倒闭收场。

与其说他是实业家，倒不如说比较接近投机者。目前我听说他还要创立像金字塔销售计划那种一听就觉得有问题的投资公司。

股市对安东学长的评价也是如此，所以他的年收入虽高，股价却不怎么样。跟那个人成为"挚友",自己的股票也不一定会上涨。

增加"挚友"的方法就算了吧,但又不能任由股价一直往下跌。

昨夜绘美在电话机里的留言闪过脑海。

"新宿的老大哥"。

我忽然冒出去那里谈谈的念头,幸好那个地点离新宿分行不远。

为了开发新的融资客户已预定下午会去跑外勤,所以我马上决定要去"新宿的老大哥"那里看一看。

"新宿的老大哥"的咨询摊位前,一如往常地排着长龙。

"新宿的老大哥"是深受瞩目的新锐经济学者。他的本业是T大的经济学系教授,没有上课的日子就会在新宿马路上摆出桌子和白板,为市民们提供关于经济方面的咨询。他也以名嘴的身份被各家电视台争相邀请上节目,最近甚至出现要他接任下届日本央行总裁的声音。

轮到我的时候,排队时间已经超过了一个小时。

"新宿的老大哥"五官扁平,普普通通的一张脸上没有明显的特点,皮肤犹如鸡蛋般光滑,没有任何皱纹。三七分的发型像是量过一般整齐地梳着,做工精致的西装配上名牌的领带,打扮得丝毫不马虎。

我马上跟他谈起自己的股价状况。

"总归来说,你不知道股价下跌的原因吧。"

我对这男人的印象跟电视上看到的一样,他脸上没什么表情,完全不知道在想什么。他说话时似乎只用到嘴巴附近的肌肉,怪不得脸上都没皱纹,甚至连眨眼都控制在最小的频率之内。说不定他觉得这么做比较符合经济效益吧。

"新宿的老大哥"慢条斯理地站起来后,右手拿着笔,左手撑在腰上。

"我解释给你听吧。"

他的声调像机械音一样平,没有抑扬顿挫。我这个有名无实的经济学士看得懂的只有出现了两次的哈耶克理论和凯恩斯理论,高谈阔论的时候白板上满满都是数学公式和图表。

等到白板上被填满,完全没有空间再写字的时候,"新宿的老大哥"又慢慢坐了下来。

"就是这么回事。"

就算这么说,我还是一头雾水啊。

"请问,我应该要怎么做?"

"新宿的老大哥"从胸前的口袋里拿出塔罗牌,要我抽出一张。虽然觉得之前讲那么多都是白讲,我还是按照他的指示抽了张牌。

他凝视着我选出来的牌,半晌后直视我的双眼说:"就在身边。"

"就在身边?你是说股价下跌的原因就在我身边吗?"

"是的,请你注意身边的人事物。"

我虽然觉得似乎被骗了,但仍向他道谢,付完高到吓人的咨询费后便离开了那里。

我看了下时钟,这时间得回分行了。再怎么说,职场上的评价与股价有最直接的关联。在这么重要的时刻,若被转调到闲置的部门或无人问津的地方分行,实在惨不忍睹。

回分行的路上我用手机查了下股价。这时，看到画面中的新闻跑马灯，让我感到背部一阵寒意。

"井田阳太，因违反毒品危害防治条例遭到逮捕。井田阳太的股票已送至监管委员会。"

"井田哥……"

就是这个！终于找到股价下跌的原因了。

井田阳太是我哥哥青岛幸一的儿时玩伴，现在是哥哥所组的乐队"跺脚"中的吉他手。

股票市场在盯着哥哥，看他是否也跟队员井田一样吸毒。身为他的弟弟，肯定会因为是相关股的关系导致我的股价下跌。

我想起"新宿的老大哥"的话。

——就在身边——

好准……

那一晚，我难得回老家一趟。

"哥呢？"

"在二楼吧。"父亲一边看着电视夜间球赛的直播，一边回答。

"他的工作呢？"我问道。父亲的脸色越来越难看。

"他还在上次那家日式牛肉饭餐厅工作吗？"

母亲摇摇头说："辞掉啦。"

"好好做个几年不就能成为正式员工吗？为什么要辞掉？"

"我不知道。"

"你问他啊。"

"但问了他就会生气……"

哥哥幸一自称是个音乐人，光靠音乐活动根本无法有稳定的收入。高中肄业之后他就一直没有固定工作，现在都三十五岁了还是整日游手好闲，其实就只是个打工仔。

他是没有学历也没有专业技能的中年打工仔，而我大学一毕业就进入一流银行上班，不用想也知道，哥哥青岛幸一的股价只有我的一半。

可是幸一在我十八岁股票上市之前就一直过着荒唐的生活，所以他的事情已经影响到了我的股价。虽然有那么不中用的哥哥，我仍努力不懈地让自己的股价提升到了"精英圈"。

"井田哥被抓了吧。"

"嗯。"

母亲一脸愕然，父亲则叹着气。

"哥哥跟这件事没有关系吧。"

"应该不会有事的。"

"要去跟他确认啊。"

"嘘，声音太大了。"

母亲富子担心在二楼的幸一听见，抬头看向天花板。父亲的表情仍然愁眉苦脸的。

"让他听到又没关系。若不是哥还有这房子和土地的继承权，他的股票早就没价值了。"

"够了，裕二。那么久才回来一次，现在扯这些干什么！"父亲怒瞪着我说。

"好了，别吵了。"母亲出言劝解。

"我要去问他。"

"问什么？"

"这还用说？当然是问他有没有跟井田哥一样吸毒啊！"

"你哥才不是那种坏孩子！"

他哪是什么"孩子"，都三十五岁的男人了还一直这么叫他。

我冲上二楼。幸一的房间没有任何动静。

"哥！"

里头无人回应。

我没敲门，直接把拉门打开。

哥哥用头戴式耳机听着音乐，在床上抽烟。

"呦，裕二，你来了啊。"

他的眼神茫然，声音听起来像是刚睡醒。

长及腰的金发，留着胡子，鼻子与眼皮上都有穿洞，肩膀上有刺青，那外表看起来就是生活不正经的男人。

"那是什么？"

"什么是什么？"

哥哥的眼神涣散，没有聚焦。

"就是你吸的是什么啊？"

"香、烟。"

哥哥朝着我的脸吐了一口烟。

我这人是不抽烟的，因为抽烟不利于股价。虽然我不抽烟，但我从味道发现哥哥抽的并不是普通的香烟。

这时哥哥突然举起右手："青、岛、幸、一……要去小便了！"

哥哥斜眼看着愣住的我，沿着墙壁摇头晃脑地走出房间。

这分明就是吸毒后的反应。

我拿起烟灰缸,观察烟头。香烟上没有滤嘴,当然也没有商标和任何的印刷痕迹。

我扫视着被待洗衣物与杂志堆得连站的地方都没有的房间,这里肯定已经好几年没打扫过了。

哥哥从小就使用的衣柜摆在房间的角落里,他以前就会把宝贝的东西藏在那里。我感到似乎有股可疑的妖气包围着那衣柜。

我从最下面的抽屉一层层打开来检查。里头乱七八糟地塞满了不知洗过了没有的衣物。

我的手停在了第三层。在叠起来的内裤之间,我找到了一个像笔盒一样的铁盒子。

我拿起那盒子,小心翼翼地打开。

里头是针筒和白粉。

我感到一股晕眩,背后直冒冷汗。

我连忙把铁盒放回原位,慌慌张张地离开房间。这时哥哥心情愉悦地走上楼。

"小朋友,你要回去喽?"

我不想回答,撇开视线。

母亲一看到我铁青着脸下楼,连忙问道:"怎么样?"

我无法马上判断该不该对这两人说实话。

"小幸怎么说?"

看到我不回答,母亲又焦急地问。

如果手足因吸毒而遭到逮捕,势必也会影响到我的股价。这可不能开玩笑。

可是既然知道真相,就必须通报警察不可。如果装作没看到,说不定会被视为隐匿犯人，那也会是场噩梦。

最好的办法就是劝哥哥不要再吸毒，但不可能，这方法绝对行不通。如果跟他说得通就不用那么辛苦了。我从小就跟他一起生活，对他的性格再清楚不过。

"他没在碰什么奇怪的药吧？"

父亲虽然假装在看电视，但显然是在等我的答案。

"我要跟哥断绝兄弟关系。"

听到这句话母亲脸色发白，父亲也不看夜间球赛了，站起来盯着我的脸诘问："幸一也在碰奇怪的药吗？"

"那家伙已经废了。"

一直没有正面回答他，父亲急了起来。

"到底是怎样？幸一吸毒了吗？"

同住一个屋檐下却没发现他有异样，他们怎么会这么糊涂。不过这两个人就算知道哥哥有毒瘾，也只会干着急却什么也不做吧。

"都是哥哥害我的股价下跌。虽然我不清楚他有没有碰毒品，但我决定跟他断绝关系了。"

我没坦白说出哥哥吸毒的事。可能因为这样，松了口气的父亲开始对我说教。

"我明白你等着和绘美小姐结婚，对股价紧张兮兮的，但必须跟重要的手足断绝关系才能结的婚，不结也罢！"

父亲在义务教育一结束后就进镇上的小工厂上班，一直工作到退休。他这一生所完成的事情就只是让家人吃饱，付完这间风一吹就会垮掉似的小房子的房贷，一个无聊透顶的男人。

难道我也要这样埋没一生吗？别开玩笑了！无论如何我都要跟

绘美结婚，继承岳父的公司。

"我觉得跟绘美小姐比起来，亚矢子跟你比较匹配。"

"等等，干什么突然讲这个啊！"

"你给我闭嘴！人与人之间匹不匹配也很重要。如果和不合适的对象结婚，婚后吃苦的人可是你自己啊。"

"哪会不合适！你看看股价，我跟绘美是天作之合！我现在的水准跟你们可不一样！"

"你对自己父亲说的这是什么话！"

我不想再跟他说下去，母亲要我至少留下来吃个饭我也不理，径自夺门而出。

遇见现在的未婚妻绘美的时候，我已经和亚矢子订婚了。

亚矢子是我在老家的青梅竹马。我们从幼儿园就一直在一起玩，升入高中时，两人都没有特意告白，自然而然地就走在了一起。

高中一毕业，亚矢子便进入社会上班，我则是升入大学。那一年的毕业生中，继续升学的只有我一人。我们成长的地方被称为下层地区，是称不上富裕的地区。别说大学，很多人因为经济因素甚至没办法念高中。我家原本也没多余的钱让我上大学，但我因为成绩卓越，拿到奖学金后可以继续上学。唯有靠读书才能脱离这种底层的生活，我凭着这股信念，努力换来如今的结果。

大学里有很多的富家子弟，对我而言那不是什么舒适的环境。我很瞧不起认为"男人的价值取决于女人的数量"那种价值观错误的同学们，大学四年间一心一意地对亚矢子。

在三友KSJ友好安心银行任职的第三年，工作也已上手，我开始认真地讨论与亚矢子的未来，但问题在于股价。

亚矢子的母亲很早就过世了，她和整天喝酒赌博的父亲相依为命。亚矢子成长在这种环境的家庭而且学历又不高，我则毕业于著名大学，又在一流的银行里上班，所以我和亚矢子的股价一直很不对称。

不出所料，公布结婚消息后亚矢子的股价上涨，我的却开始下跌了。

于是某一天，我的直属上司，也就是日高分店长找我过去谈话。

"你就解除婚约吧，这也是为了你的将来着想。"

我不知该做何回应。虽然很感谢分店长为我着想，但聘金都下了，事已至此不可能解除婚约。

"你的股价再这么一直跌下去，银行职员的未来就完蛋了，但即使如此我还是会买你的股票。"

由于企业之间不断进行合并，各派阀进到银行内部，使得情况变得有些复杂。隶属于派阀的职员，他们的股价总和等于派阀的力量，所以我也不是不了解分店长的心意。

那个周末我受分店长之邀出席派对，绘美也在那里。虽然佯装是巧合，但很明显这是分店长故意安排的。

绘美的父亲以前是三友 KSJ 友好安心银行的职员，是日高分店长的上司。那是在金融重整之前，还只是三友银行时期的事情。绘美的父亲在四十五岁时辞去银行的工作另起炉灶，他平时挂在嘴上的口头禅就是"小女的丈夫一定要是三友人才行"。

当时我因为识破日高的行为觉得反感，没主动与绘美攀谈。然而绘美不知道晓不晓得父亲和前部属的安排，那次派对之后就常常跟我联络。我不可能断然拒绝女性的邀约，于是在陪她吃饭、听演唱会的这段时间,我很快就拜倒在绘美的石榴裙下。当然,如果说未来社长的位子不曾闪过眼前,肯定是骗人的。

解除婚约时,亚矢子哭个不停,她那个流氓父亲威胁我说:"如果要解除婚约就要付分手费!"

我依照要求付了分手费,成功和亚矢子分手。虽然担心市场对这样负心汉的行为不知会有什么反应,但我的股价竟然涨回到公布结婚消息前的价格,亚矢子的股价则是急速下跌。

老实说,我很彷徨究竟该怎么做。

到底我应该在股市卖掉哥哥的股票和他划清界限,还是跟他继续当兄弟?

哥哥犯法尚未被发现。他的确是个没用的兄长,但突然跟他断绝关系,股市会不会判断我是"无情的男人",从而导致股价下跌?

我眼前浮现出一张男人的面孔,那人说不定会给我什么建议。

"新宿的老大哥"依旧面无表情地在白板上写数字。跟上次一样也不管我看不看得懂,像是录音机一样对经济预测滔滔不绝。

"请问,我究竟该怎么做?"

"新宿的老大哥"这次掷出骰子。

"断绝兄弟关系,越快越好。"

我没有半点犹豫。

隔天一早,我马上下单卖掉"青岛幸一股票",股价多少都无所谓。

虽然担心会卖不掉，但立刻有买方出现，说不定是爸妈买的。总而言之，我手上的"青岛幸一股票"已经全部出清，如此一来，我跟他再也不是兄弟的关系。

我感觉到一直盘踞在心中的大冰块正在慢慢融化。明明他是我哥哥，从小到大一直住在同一个屋檐下，却没有特别难过的感觉。可见我对这个人多么头大。

新闻报道"青岛裕二出清青岛幸一股票，解除兄弟关系"的跑马灯很快地闪过去。

只要摆脱哥哥这个累赘，我的股价也会恢复到原来的水准吧。

"终于上涨了。"

过了中午十一点，想早一点吃午餐而去立食的荞麦面店时，我在店里查了股价。

股市似乎判断我是个"停损利空的亲人，拥有决断力的男人"，而非"切断兄弟关系的无情男"。

"新宿的老大哥"果然神准。

我走出店外，抬头望着万里无云的蓝天，仿佛跟我现在的心情一样平静。

情势改变了。

好久没去喝一杯，今天就好好放松心情吧。我马上拿起电话打给那些"挚友"。

二

"我可以问你吗？"田丸小姐口气顾虑地问道。

"问吧。"

"跟癣疾专家先生订婚的亚矢子小姐，后来怎么样了？"

我一瞬间犹豫该不该回答。

"不知道从哪里听说她离开东京了。"

"离开东京之后呢？"

"因为我没有立场再管她的事，所以完全不知道现在她过得怎么样。"

"您偶尔会想起她吗？"

"有时候会吧。"

"如果您愿意的话，要不要我去调查？"

"调查什么？"

"调查亚矢子小姐人在何处，现在在做什么。"

"不用了，没必要调查她的事。"

"但您还是会在意亚矢子小姐的近况吧？"

"是这样，没错……"

"那么就让我去调查看看吧，说不定她仍思念着癣疾专家先生。"

"不可能有这种事啦。"

"不问怎么知道她的想法呢？"

"别多管闲事！"我厉声呵斥，连自己也吓一跳。

"抱歉，我管太多了。"

"不，没事了。我才要道歉。"

两人沉默一阵子之后，田丸小姐为了和缓气氛问道："您要喝水吗？"

"嗯，让我喝一点吧。"

我含着宝宝水杯的吸管，冰凉的水流过喉间。

"还真是不方便呢，我一个人连水都没办法喝。"

"还得再忍耐一阵子吧。"

"连自己的看护长什么样都看不到。"

"我长得又不怎么样。"

"才不会。从声音听来，你一定长得很漂亮吧。"

田丸小姐难得扑哧笑出声来。

尴尬的气氛算是缓和了吧。

"请继续您的故事，癣疾专家先生卖掉令兄，不对，是青岛幸一先生的股票，后来怎么样了？"

"因为股价上涨，所以不小心和朋友喝太多，醒来时仍醉得一塌糊涂。"

我故意用逗趣的口气说。因为从现在开始终于要说起我悲惨的经历了……

*

出清哥哥股票的方法奏效了，我那连日下跌的股价终于开始回升。

前一夜跟久违的几名"挚友"相聚，确认一辈子都会抱着彼此的股票后，我们痛痛快快地畅饮。醒来后头顶觉得嗡嗡作响，我的头很痛，跌跌撞撞地走到厨房，直接将冰箱里的矿泉水一口气喝掉。

我打电话到分行请了病假，之后直接回到卧房，等再睁开眼时，已经是太阳西沉的时分。

我随手打开电视，电视正在插播新闻。

"四叶银行分行的挟持事件，在本日的正午过后已经解决——"

四叶银行分行？那间银行就在爸妈家的旁边。

电视屏幕中，在警察局前手臂别着"报道"臂章的记者用稍微高亢的声音报道。

"犯人青岛幸一，三十五岁，是住在附近的无业男子——"

"咦！"

我拾起掉地上的遥控器，把声音调大，探着身子想看个清楚。

屏幕切换成凶手用菜刀挟持一名年轻女性走出银行玄关的画面。他发疯似的向远远包围着的警察们不断咆哮。

拿着菜刀的肯定就是哥哥，不对，是以前的哥哥青岛幸一。

幸一手中的菜刀才稍微离开人质，警察立刻冲上前。幸一虽奋力抵抗仍立刻被当场制伏。

"银行里的人质有二十名……男性银行职员被轻微砍伤……凶手的尿液呈现毒物反应。"

主播的声音从右耳进左耳出。新闻已播完，我仍瞠目结舌，愣愣地盯着电视屏幕。

我就这样不知发呆了多久，股价的事蓦地掠过脑海。双脚虽然摇摇晃晃站不太稳，我仍设法走到桌边打开电脑。

这时间股市已经收盘。我跟那男人已经毫无瓜葛，所以股票不会有事的。我喃喃自语，不停地安慰自己。

屏幕上终于出现"青岛裕二"的画面，总觉得比平时花了好几十倍的时间。

看了收盘价，发现我的股价没有下跌反而还上涨了。

我忍不住欢呼，摆出胜利的姿势，嘴里哼着乱七八糟的歌，一个人开心地在房间里手舞足蹈。

只差一天。如果我晚一天卖掉哥哥的股票,自己就会因为是银行抢劫犯的弟弟而受到股市的洗礼。

这决定下得真是太好了!

此时刚好电话响起,是绘美打来的电话。

"你看新闻了吗?"她的口气像是在打探我的反应。

"嗯嗯。"

"虽然他是你哥哥……"

"你放心,我跟他已经不是兄弟了,因为昨天我已经卖掉了哥哥的股票。"

"全部都卖光了吗?"

"对。"

"那就不会有事了。"绘美的声音开朗起来。

"对啊,看到我的股价没有下跌就知道了吧。"

"怪不得裕二的股价没有跌下来,原来你们已经不是兄弟了啊。这件事我可以跟爸妈说吧?"

"当然可以,我们真是太幸运了,绘美。"

绘美一定迫不及待,想立刻将我和青岛幸一已经没有瓜葛的事告诉她的双亲。聊电话时她总是想要聊久一点,那天却爽快地挂掉了电话。

"青岛,有客人在等你。"

几天后,我吃完午饭回银行时,日高分店长对我说。他压低声音,似乎不想让其他人听见。

"你做了什么吗?"

"您为何这么问?"

分店长支支吾吾的,没有回答。

在会客室等我的是一名脸色苍白、身材瘦高的男人。

男人站起来,递出来的不是名片而是身份证。

"我是'股市守门员',敝姓森。"

他戴着金属框眼镜,一动不动地盯着我,脑袋微微往右歪,站着时还驼背,那副样子令人联想到巨大的昆虫,所以还没开始谈话我就看这男人不顺眼。

"这位'股市守门员',有何贵干?"

"我有事想请教您,打扰了。"

森慢慢坐到沙发上,身体凑向前,眼睛朝上地看着我。

"您认识嫌犯青岛幸一吧?"

"认识。"

"你们的关系是什么?"

"他以前是我哥哥。"

"以前"这两个字我加重了语气。

森用手帕压压嘴角,大力地咳了几声。其间他如细线刻画出来的眯眯眼仍旧盯着我不放。

"你们已解除兄弟关系了?"

"对。"

"何时解除的?"

"×月×日。"

森点点头。

"那个人跟我已经毫无瓜葛了。他可能还抱着我的股票，但我确定数量并不多。"

没有固定工作的幸一始终都为钱困扰着，所以我知道他把我的股票一点一点地在市场上卖掉了。

"总而言之，他已经不是我哥哥了。"

"我再确认一遍，您将青岛幸一的股票全部卖掉，解除兄弟关系是在 × 月 × 日，这部分您认同吧？"

"是的。"

"也就是嫌犯青岛幸一抢劫银行的前一天，对吧？"

"嗯。"

"因为抢劫银行，青岛幸一的股票被中止上市而变成废纸。"

"想必会这样吧，毕竟犯下那样的罪行。"

森用细长的舌头舔了下干裂的嘴唇。

"请跟我走一趟。"

"什么？"

森将一张纸递到我眼前。

"您涉嫌对青岛幸一的股票进行内线交易。"

股市守门厅的十五楼审讯室是个阴暗冰冷的房间，似乎在告诉那些被叫来这里的人"不用抱任何希望了"。

"我真的不知道哥哥，不对，是青岛幸一会做出那种事！"

"您前一天回老家，和嫌犯说过话。"

森的手肘撑在桌上，双手交叉，下巴靠在上面。

"刚刚不是说了很多遍吗？我只是去问问那个人有没有要上班的

意思……"

"您是不是在谈话中听到了他的计划？"

"计划？"

"就是抢银行的计划，所以你才会觉得抱着青岛幸一的股票很危险。"

"那家伙才不会定什么计划，这男人不会去思考五分钟以后的事情。他想必是急需要钱，才会临时起意抢附近的银行。所以我在事前才不可能知道有什么计划。"

我虽然在接受审讯，却很担心股价的反应。我被股市守门员带走的事，想必已经在市场传开了。"青岛裕二股票"肯定会下跌，绘美也一定会很担心。不过我更担心的是她父母的反应。

"那他吸毒的这件事，您已经知道了吧？"

"我不知道。"我决定坚持一概不知幸一的犯罪行为。

可是，一看到森放在桌上的照片，我不禁倒抽口凉气。

"这是嫌犯青岛幸一放针筒和毒品的盒子，您有印象吧？"

那是原本收在衣柜里，像是笔盒的铁盒子。

"我见都没见过。"

森的眼睛散发出妖邪的气息。

"上头有您的指纹哦。"

"肯定是哪里弄错了。"

"您也吸毒吗？"

"才没有！"

森站起来，在审讯室里来回走着。

"您就坦白从宽吧。我们对您有没有吸毒一点兴趣也没有，那是警察的工作。我们只是想知道，您是不是在事前就知道嫌犯幸一的犯罪计划,所以才会卖掉股票。"

"我都说了,那人才不会有什么计划……"

"这您得好好思量了,青岛先生。违反毒品危害防治条例与内线交易,如果你两样都有罪,你的股票会被即刻停止交易并中止上市。"

"你在威胁我吗?"

"要怎么选择看您自己。只要您愿意配合我们,我们会对警方说明那个有针筒的盒子是您以前用的笔盒,有指纹也是理所当然的。警察也会同意我们这个说法吧。"

"我没有吸毒,也不知道哥哥,不对,是青岛幸一抢银行的事。"

森在我耳边小声说:"您是初犯,就算内线交易也不至于会中止上市。"

"已经说了我真的不知道!"

"我也明白您的心情啦。像您这种精英型的银行职员竟有那种没用的哥哥,当然会想划清关系了。可是这样就应该要更早卖掉股票才对,在听到抢银行的计划之前啊。"

"都说我不知道抢银行的事了!"

"嘴巴那么紧吗?那没办法,我们只好中止您的股票上市了。"

"等一下!"我抓住森那干瘦的手臂。

他咧嘴一笑,嘴巴又凑近我的耳朵。

"您事前就已听到青岛幸一抢劫银行的计划吧?"

"……"

"您早知道这件事吧?"

事已至此,我只好无奈地点头。

"那就是承认了。"

"嫌犯青岛裕二,因涉嫌内线交易而遭到逮捕。他被怀疑在事前得知嫌犯青岛幸一抢劫银行的计划,进而出清嫌犯的股票。"

新闻已经开始报道,我的股价急速下跌。

到头来,虽然股票免于被中止上市,但为了支付庞大的罚金我花掉了所有存款,而这件事又再度成为股价下跌的因素。

股市守门员释放我的当天夜里,绘美来公寓找我。

"这究竟是怎么回事?"绘美神情憔悴,连眼睛都哭肿了,双眼红通通。

我没有吭声。

"我们结婚的事该怎么办?"

与绘美订婚时,是以共同协定的股价比例来交换彼此的股票,但目前我的股价已经无法入绘美家的户籍。

"再等一段时间吧。"

"等?要等多久?"

"我不会就这样完蛋,绝对会另起炉灶的。"

"过不久消息应该就会传到你耳里,所以我就先告诉你吧。"

"什么消息?"

"关于结婚的事。"

"谁结婚?"

"当然是我啊!"像是压抑感情的栓子突然被拔掉似的,绘美提高嗓门大喊起来。

"对方是谁？"

"公司社长的儿子，是个富二代。因为是次子所以能继承爸爸的公司。爸妈说两家结婚是好事一桩。"

"那我该怎么办？"

"他们要我跟你分手。"

"想也知道那种人是在觊觎你父亲的公司啊，这种婚姻绝对不会幸福的！"

明明是五十步笑百步，我也没资格说人家。

"爸爸和妈妈说如果我不和裕二分手，就要将他们手中的持股卖给富二代……"

"意思是要卖掉绘美的股票吗？"

绘美被他们捧在手心里保护得很好，所以就算她已经成年，一半的股份仍由父母所持有。

"那个富二代的父亲也很强势，他跟爸妈说要以和裕二订婚时的两倍价格来买我的股票。"

"你愿意就这么被他们摆布吗？用独占股份的方式来逼婚，那是几百年以前才会做的事情啊。现在是男女双方同意以等值的股票进行交换的方式——"

"这种事不用你说我当然知道。可是爸妈若卖掉我的股票，我就会变成他的人了。"

绘美紧紧地抱着我，脸埋在我胸前，抽噎地哭泣着。

"死暴发户。"愤怒的声音都在颤抖。

"都是裕二不好啦。"

"总之要想个办法才行。你要相信我，乖乖地等我解决这件事。"

我坚强地对绘美说，但其实一点办法也没有。

隔天公司早会结束后，日高分店长招手要我过去。

"转调？"

"嗯，你被调到微笑便当宅配公司了。"

那家公司的名字我听都没听过，"是三友集团的子公司吗？"

日高分店长没有看我，那种态度表明了我再也不是他的子弟兵了。

"我还想在这里打拼，请您替我想想办法吧，分店长。"

"以你的股价，转调地方的分行也很困难。把你调到那里我已经尽了最大的努力，请谅解吧。"

看到我失望的表情，分店长也很不忍心吧。"过去也不是没有在相关公司拼出成绩再被调回总公司的例子。你先忍耐一阵子，等股价上涨后很快就会召你回来了。"分店长小声地补充说。

总而言之，我的股价至少要回到和绘美订婚时的水准才行。这样既能和绘美结婚，也能重回银行。

我现在的股票虽然比内线交易的消息败露时稍微上涨了一些，但离以前的"精英圈"还差得远，根据评鉴公司的分类，目前我的股价落在"平庸圈"中。

从第二周起我就开始去微笑便当宅配公司上班。

我的职称虽然是经理，也只是名字好听罢了，身为送便当的主要工作人员，我每天几乎都得握到方向盘不可。

虽说是宅配的公司，但主要的工作是送午餐便当到三友KSJ友好安心银行各分行。要以穿着粉红色制服与帽子的模样站在老同事面前，实在是很令人难受。

这样的生活日复一日。某一天，抱有彼此的股票，股市关系属于"挚友"的桥本给我打来电话。

桥本是我大学时代的朋友，任职于顾问公司。因此，理所当然自大学毕业以来，他的股价就不曾掉出"精英圈"之外。

"我要结婚了。"

明明是很开心的事，桥本的声音听起来却很怅然。我有种不祥的预感。

"是吗？恭喜你了。你会请我参加婚礼吧？"嘴上虽这么说，但我没有心思去祝贺别人结婚。

"我有事要跟你说。"

"什么事？"

"虽然很难以启齿，但不好意思，我要卖掉你的股票了。"

"咦！你要卖掉我的股票吗？"

"是的。在结婚之前，我想除掉有疑虑的因素。也就是说，我希望'挚友'最好都是'精英圈'的人。"

这种时候股票被他卖掉的话，我的股价想必会跌得更低。就算"挚友"只减少一个人，都会是造成利空的原因。

"别这样啊，桥本。"

"我已经决定了。一声不吭就卖掉觉得不好意思，才知会你一声。大柴和小川也说要卖掉了。"

如果他们这么做，其他的"挚友"搞不好也会受影响跟着卖掉我的股票。

"其实我现在是在微笑便当宅配公司上班。"

"我知道,我在跑马灯上看到消息了。"

从电话筒的声音听得出来桥本很想快点挂掉电话。

"虽然还没公开,但听说近期就能重回银行了。"

"真的假的啊?"

"当然是真的,买我股票的还有日高分店长,那个人才刚刚偷偷跟我联络。"

"是吗?那样太好了。"

"谢谢。所以你继续当我的'挚友',也替我把消息告诉小川和大柴他们好吗?"

桥本思索半晌后,才答应我:"好吧"。

"等等,说的话你就当是我在自言自语吧,我觉得身为三友KSJ友好安心银行职员,现在我的股价太便宜了。"

我听见桥本咽下唾液的声音,他脑中应该响起了计算器在盘算的声音。

"任职于三友KSJ友好安心银行"与"任职于微笑便当宅配公司",市场对于两者的评价当然截然不同。

如果重回三友KSJ友好安心银行上班,我的股价肯定会飙涨。

"你就当我什么都没听到吧。"桥本说。

桥本也害怕会涉嫌内线交易吧。不过,他这个人头脑灵活,肯定会加买我的股票。

我向几名口风不紧的朋友透露要回银行这件事,新闻报道上也出现了跑马灯。

"青岛裕二近期预计将回三友KSJ友好安心银行。"

不出所料,隔天起我的股价就开始逐步攀升。

日高分店长的确说过会召我回去，所以我不算是欺骗桥本。重要的是只要这件事实现就好了，正所谓谎言里出真实。

隔天下班后，为了开拓新客户，我一家家往信箱里投广告单，直到深夜。

总之，我该做的就是拿出好成绩重回银行。那是我现在对提升股价这件事能够做的最好的对策。

然而，害我这番心血告吹的竟然又是那个男人。

这天一早就下起滂沱大雨。下雨天不想出门是人之常情，因此下雨或下雪的天气里，宅配便当的订单会比平时还要多。

由于雨势是横打下来的，雨衣什么的根本没用，用电动自行车送完午餐便当，回到公司时我的下半身全都淋湿了。

雨水从制服裤子滴下来，打开办公室的门时，我刚好和坐在椅子上脸色苍白的男子四目相对。

一看到我，那男人就慢条斯理地站起来，轻轻点了下头。

他是"股市守门员"森。

森露出不怀好意的笑容，拖着脚步走过来。

他的外表病恹恹的，眼镜后那细长的眼睛却有如看到猎物般的蛇一样，闪着光芒。

"您是青岛裕二先生吧。"

"何必明知故问？"

"宅配便当的工作做得如何呢？"

"我做得很开心。"

"肤色晒得很漂亮呢。"

"你也来做做看吧。"

"可是我还有重要的工作要做。"

森的脸色比之前还要差。消瘦的脸颊，皮肤干到像脱皮的粉末一样。

"就是惩罚不遵守股市规定、打歪主意的人的工作啊。"

"你是为了消遣我才来的吗？"

"不是，我不是这个意思。"

"既然如此，我现在很忙，你请回吧。"

森的脸凑上来，盯着我的眼睛，"其实是我听到了一个消息。"

"消息？"

"听说是您要回银行之类的。"

"嗯，总有一天吧，我不会一生待在这里的。"

"何时会回去呢？"

"这个跟你无关吧？"

"'近期会回银行'，在×月×日，您和您的挚友桥本重雄这么说过吧？"

"好像有吧。"

"我询问过三友KSJ友好安心银行的人事部，似乎并没有让您回去的打算。"

"我是说总有一天，又不是说明天就回去。难道最近股市守门员也开始过问民间企业的人事安排吗？"

"我跟桥本重雄确认过，您说的是'近期会回银行'。"

"我可能这么说过吧。"

"您这么做的目的是为了要炒作股价，故意放出毫无根据的消息吧。"

"炒作股价？"

"没错。您打的如意算盘是在市场上传出自己将重回银行的消息，借此提高自己的股价。我没说错吧？"

"的确不能说没有这样的想法……"

森又拿出一张纸到我面前。

"您涉嫌违反证券交易法'散布流言'，请跟我走一趟。"

我就这样被丢在股市守门员厅那蟑螂爬来爬去的拘留所一天。

隔天负责调查我的人果然还是森。

"听清楚了青岛先生，你的行为已经背叛股市了。不对，应该说是与股市背道而行。"

"我只不过是跟朋友说了下定决心一定要重回银行而已啊。"

森叹了口气，"青岛先生，事已至此您还要否认吗？"

"我是说真的！"

"意思是要否认喽？真的要这样吗？一直矢口否认的话，审理案件的印象也会很差的。"

"如果我不承认会怎样？"

"您的股票就会送到监管委员会，今后的大小事全由股市守门员厅来做决定。"

"意思是由你们决定我的未来吗？"

"正是如此。"森眼睛朝上看着我，咧嘴一笑，"股票一旦中止上市，您想必很清楚会怎样吧？"

这种事无人不知。

股票无法维持上市的成年人，会被迫从这个社会退出。以这种公正的方式来维持社会安全的大原则。过去是由法律来统治社会，但这个方法已宣告失败，重新改革这个社会的就是股票市场。

"让您看个好东西吧。"森将约十厘米高的小瓶子放在桌上，里头是透明的液体。

"您知道那是什么吗？"

那液体看起来像是水或酒精之类的。

"那是令兄，正确来说是您以前的哥哥。"

我拿起那个瓶子，"这是那个家伙？"

我们的国家属于环境先进国，这里已经没有火力发电厂了，大部分的电力是靠"原发"的核能发电，以及称之为"人发"的人力发电厂。

母亲在信上说，因为哥哥的股票被取消上市而被送至"关东村作为人力发电"。人力发电就是为了社会的电力，踩着发电自行车一直踩到死。

"人发已经不是只靠骑自行车的时代了。这个叫作'人油'，是以人为原料所制成的最新型的生物燃料。装在这瓶子里的，就是处决掉令兄而制作的人油。"

"怎么会……"

我仔细盯着那个小瓶子。

"好了，青岛先生，由您自己决定现在是要认罪悔改，还是要否认到底，被制作成人油？"

如果股票被中止上市，也不能活下去吗？

这次也没有选择的余地。

我只好认了"散布流言"的罪。现在也只能祈祷股市守门员愿意让我的股票维持上市。

保释之后一回到公寓,我就收到了绘美的电子邮件。

> 我听说你被逮捕了,爸妈将我的股票卖给了富二代。
> 在股市买的股票合起来,他持有的股份超过一半。
> 下个月我会跟他结婚。再见。
>
> 绘美

股市守门员厅的判决很快就下来了,我的股票免于被迫中止上市。但由于股价已跌落至最低价,我被公司解雇了。

为了生存下去,第一步就是要先求职。这不只是为了经济方面,有工作做,被社会认同为有用之人,是维持上市的首要条件。

我打电话给认识的人想请他们帮忙介绍工作,但大家都装作一副很忙的样子,不是急着挂电话,就是转到语音留言。

可想而知,"挚友"全没了。

一筹莫展的我只好在便利商店买就职杂志和便当后回家。

在三友 KSJ 友好安心银行的时候,我自负地觉得那些买就职杂志的人像是丧家犬一样,心里很瞧不起他们。如果我要换工作,除了独立门户出来创业,或被猎头公司找上跳槽外,不另作他想。

我舍弃自己的尊严,逐一打电话给杂志上刊登的那些三流或四流的公司,但他们一开口就先询问我的股价,老实回答后对方立刻便挂掉电话,甚至没有公司愿意给我面试的机会。

评鉴公司根据我的股价,把股票分类到"可疑人物圈"。

叮咚。

有人来了。

股价跌到这种地步,之前的朋友全都不愿靠近我。因为如果被判断有朋友是"可疑人物",也会影响自己的股价。可能是来推销的吧,我没有理会。

叮咚,叮咚。

由于对方实在不死心,我只好认输,打开门。

"青岛先生,您就早点开门嘛。"

原来对方是管理公寓的中介公司。

"怎么了?房租我都有按月交啊。"

房屋中介人员将合约摊开,放在我面前。

"请看这里。这物件对于租借方的等级是有限制的,您应该很清楚自己现在的等级吧?"

"怎么会这样?"

"如果这里住着'可疑人物'的消息传开,这间不动产的股价也会下跌,这可是房东最不乐见的状况。"

我当天就被赶出了公寓。

我提着一个波士顿包在街上晃来晃去,来来往往的人们脸上看起来都好幸福。

就算想住旅馆,信用卡也已经不能使用了。

我看到"可过夜,也有完善的沐浴设备"的漫画吃茶店看板,决定进去在那里待一晚。

漫画吃茶店小间的单人房里有一台电脑。即使我都沦落到这种地步还是很在意股价，所以就查了下市场的消息。长久以来的习惯无法一时就改掉。

股市的新闻报道播报着"青岛二裕氏，居所不定。股价连日来都跌停板"。这消息应该是房屋中介放出来的吧。不过，独占了那天股市消息的其实是"新宿的老大哥"遭到逮捕的新闻。"毕业于著名大学的经济学家又是T大经济系教授的'新宿的老大哥'，昨天夜里伸出狼爪猥亵男高中生，以现行犯遭到逮捕。"

虽然我也被他害得很惨，却生不起气来。毕竟是我自己笨到去相信那个经济学家说的话，真是蠢死了。

隔天我就出去寻找工作和住的地方，然而都不顺利。我筋疲力尽地回到漫画吃茶店后，一名身高近一百九十厘米的大块头男人看向我。

"你的脸色好差啊，没事吧？"

男人名叫阿始，据说住在这里快一年了。

"问我有没有工作？当然多少都在工作啊。"

阿始在派遣公司登记，靠做短期工来赚取生活费。

"你也可以来我公司打工啊，嘿嘿嘿。"

他的笑声很怪，因为门牙掉了几颗，所以老是嘿嘿嘿地傻笑。

"可是我股价这么低，公司会雇用我吗？"

"股价？你在说什么啊？这跟工不工作有关系吗？嘿嘿嘿。"

既然是雇用这种男人的公司，可能真的不在乎股价吧。

由于阿始说不知道自己的股价，所以我便用店内的电脑查了一下。

跟我差不多。

破洞的牛仔裤，有点脏的T恤，穿着用胶布修补的帆布鞋，一想到这男人的价值和我的价值差不了多少,顿时感到鼻子酸了起来。

不过,阿始的头脑虽不灵活,但身材高大体格壮硕,属于运动员的身材。像我这种只做过文书工作的文弱书生,能够做什么工作呢?

阿始一边抓着胯下一边说:"工作有的是啦,我明天就带你过去,我们社长人很好的,嘿嘿嘿。"

既然雇用的是像阿始那样的男人,我想象会是一家在脏乱的综合大楼里头的小公司。可是这家名叫米斯卡斯特[①]的派遣公司却占据了现代化办公大楼的一整层,比我想象中的还要气派。

社长冲本很年轻,四十岁左右。他身穿价格不菲的西装,手上戴的名表隐隐闪着光。

冲本一边看着我的履历表,一边频频发出赞叹的声音。

"你的履历太了不起了。"

"谢谢。"

"你那么风光,为什么会落得这番田地?"

"因为发生了许多事。"

"算了,详细状况我就不多问了。"

冲本把视线移到电脑屏幕上。

"不好意思,我查了下你的股价。老实说,以这个价位要我介绍像你以前那样的工作有点困难。"

"我不会要求太多,只要您愿意用我就好。"

---

① Miscast,此单词意为"分配不适当的角色"。

"当然会雇用你的。我并不在乎股价,公司的派遣打工人员也全都是没有学历的人,当然股价也很低。可是大家都有梦想,支持这些梦想就是我生存的意义!青岛先生有没有什么梦想呢?"

"梦想啊……"

老实说,现在我无心想这种事。别说梦想,正因为连目前的状况都维持不好,才堕落到这种地步。

"以前曾在我们这里工作的一名员工,比起一天三餐他更爱唱歌。可是他没有学历,加上品性不好,所以股价低得很,当然也无法就业。最后他通过我们的介绍靠打工挣钱,每晚在大街上唱歌,终于他被大型唱片制作公司的星探挖掘,而且还出道了呢。他越来越受欢迎,现在已是大明星,股价当然也急速上涨。因为也有这样的例子,人生真的是猜不透呢。"

"是的。"

"我这个工作也是从一间小办公室开始的,所以千万不要舍弃梦想,就算现在只是派遣打工人员。正所谓没有永恒的黑夜啊,青岛先生。"

他这个人虽然年轻,品格似乎很高尚。我向冲本低头道谢后,在合约书上签了名。

隔天早上我来到指定的地方,那里聚集了大约五十个年轻人。大家年纪轻轻眼神却都很空洞,那些人跟冲本口中的"追逐梦想的年轻人"简直天差地别。

不久后,一辆大巴来接我们,我们就被带到广阔的河岸地区。

护岸用的人行步道上,正去上班的上班族、遛狗或慢跑的人熙来攘往。

米斯卡斯特公司的工作人员让我们在河川上的铁桥下面排成一列。

"各位,现在要说明工作内容,请仔细听清楚。每当电车通过这座桥时,各位就要从桥下用这根棒子来支撑住桥桁。"

似乎是公共建设的预算缩减影响了基础建设的维修管理,所以要靠人力来支撑这座强度不够的桥。

"这是在保护乘客的性命,是非常重要的工作。请各位加油!"

我们将木棒一根根传下去,准备待命。

"电车来了!哔!"

哨子声的信号一发出,我们便将木棒高举在头上支撑着桥桁。到轮班人员过来换班为止,一直重复这个动作。

"我说你啊,工作那么拼命也没用啦。"站在我旁边眼神像死鱼般的年轻人这么说。

"可是桥要是垮了不是很危险吗?不只是乘客,连桥下的我们也会有生命危险啊。"

年轻人不屑地哼了一声。

"你看看那边吧,大叔。"年轻人的下巴指着那个方向。

我沿着方向看过去,不知何时有一群老师带着小学生的团体从远处往我们这里看。

"那些小朋友怎么了?"

"你还不知道我们所做事情的真正意义是什么吗?"

"意义?"

"对啊,我们其实是那些小孩的反面教材啦。"

"这是什么意思?"

"就是让那些小学生看看我们在做的愚蠢工作。然后老师就会说，'你们不好好用功读书，就会跟他们一样哦'。我们就是为了当作教材才被雇用的。"

听他这么一说，我仔细瞧瞧，小学生团体果然接连不断地来参观我们的工作。

"你看看那些小鬼头吧。他们每个都穿着高级的衣服，因为这附近是上层地区。"

跟我出生的下层地区孩子们身上的衣服果然不一样。以这样的眼光重新看待那些小孩子，他们果然连长相看起来都很聪明伶俐，真是不可思议。

"为了让那些小少爷们不要成为我们这种人，这地区的家长会才会向米斯卡斯特委托这种工作。"

怪不得这工作那么奇怪，原来背后有这原因啊。

阿始不晓得知不知道这件事，他汗流浃背地支撑着桥桁。

"你也会留到第二班吧。"

"嗯。"

这工作是两班制，所以我也接了第二班的工作。总而言之，我现在非常需要现金。

"反正就加油喽。"

年轻人表情不耐烦地点着烟。

"各位，也签了第二班的工作人员请留下来。"

听到米斯卡斯特员工的声音，包括我和阿始，总共有五个人留在那里，那个年轻人则坐大巴回去了。

周围已经暗了下来。

"那么请换上工作服。"

递过来的是脏到已经分不出原来是什么颜色的外套和毛帽。这两件东西到处都是破洞，而且还臭得要命。

其他人拿到的衣服也都差不多是这样的状况。

这工作可能会弄得很脏吧。第一天上班就贪心地要轮第二班，真是太鲁莽了，这时我有点后悔。

"你们稍微休息一下。来接各位之前，请先待在这里！"

米斯卡斯特的员工笑容可掬地说完话后，逃也似的离开了这里。

在只有夜晚虫声鸣叫的河岸地，我们静静等待着，没有人说话。

第二班留下来的全都是似乎连呼吸都嫌麻烦，双眼无神的人。只有阿始一个人哼着歌，很享受地抽着烟。

"工作完后抽根烟，真是爽得不得了。你不这么认为吗，青岛先生？嘿嘿嘿。"

"我不抽烟。"

如果能像他这样一直笑看人生，一定很幸福吧。这家伙一定什么烦恼也没有。

"好臭好臭。"

"真是社会败类，连粪便都比你们有用。"

"看了就不爽！"

"要狩猎了吗？"

由于背后传来这些声音，我一转头便看到几名年轻人围在一起看着这边。他们应该是高中生吧，我跟其中一人四眼相对。

"看什么？流浪汉。"

"流浪汉?"

我重新看看自己的模样,穿着这么脏的工作服,的确有可能被认为是流浪汉。

"你们挡到路了,滚开!"

那些年轻人成群地走过来,十来人左右,人数比我们多,而且手里个个都拿着棍棒。情况不妙。

我四下寻找米斯卡斯特的员工,但在附近都找不到他的身影,或许是跑去用餐了。

"不是叫你们滚开吗?"

一名年轻人用棍棒殴打阿始的脚。

"好痛!"阿始痛得脸皱起来。

"住手!"我下意识地抓住年轻人的手阻止他。

另一个男人突然踹我的背,害我一个不稳,抱住站在前面的年轻人。

"你这家伙在干什么啊,臭死了!"

对方往我的右脸揍下去。这一拳仿佛信号一样,那些年轻人开始殴打其他的打工人员。

"你们这种人渣都去死吧!由我们来清理垃圾!"

我想逃走却立刻被逮到,被推倒在地,被棍棒一阵乱打。

我往旁边一看,其他人都默默地忍受着那些年轻人的暴力。阿始也像是犰狳般蜷曲着庞大的身体,忍受着挨打。

我的火气越来越大。于是我站起来,一边怒吼,一边向一名年轻人冲过去。

"这、这家伙在干什么啊?想反抗吗?"

对方似乎没想过我会反击，有些不知所措。我趁机抢走他手中的棍棒，往对方的侧腹敲下去。

毛头小伙子发出闷哼的呻吟声，当场倒下去。

这时他的伙伴从其他地方走来包围着我。似乎比起其他不会抵抗的人，以我为对象有趣多了。

"这个混账！"

"去死吧！"

我拼命地抵抗，但毕竟对方人多势众，又打又踢，下手毫不留情，最后我被扔到夜晚的河川里。

醒来后，我身在昏暗的房间里。浑身酒臭味，穿着白衣的瘦巴巴的老人站在眼前。我全身缠着绷带，躺在硬邦邦的床上。

没多久米斯卡斯特的社长冲本进来，一看到我就大吼："你这个废物在做什么啊！没用的家伙！白痴！早知道就不雇用你了！"

"曾抹喽？"

我要说的是"怎么了"，但由于被揍得连牙齿都飞了出去，嘴巴里头也有伤，所以无法正确发音。

怒气冲冲的冲本简直跟面试时判若两人。他气得不停地大声呵斥，还一边踹着墙壁和床铺。

这时我才第一次听到第二班的工作内容。

为了成为精英栋梁，良家子弟夜以继日地拼命念书，因而累积了巨大的压力，而这样的压力有可能促使他们去犯罪。害怕自己的孩子行为出现偏差的父母，于是便向米斯卡斯特委托工作，找人当作少爷们发泄压力的对象。

我却用棍棒殴打了客户的儿子，而且那个年轻人的父亲还握有派遣公司的营业许可权，是厚生劳动省的精英官僚。

"那个少爷啊，明年就满十八岁，是新上市股票。他是精英官僚的儿子，据说肯定能够应届上 T 大。你们这些在我们公司登记求职的垃圾，全部的股价合起来也不敌那位少爷的股价，他可是个潜力股啊！"

冲本揪着头在床边绕来绕去。

"多亏你这个笨蛋，我们公司现在将面临生死存亡，你这个混账要怎么负责！如果公司倒了，你也会跟着完蛋！"

最后，冲本将桌上的茶杯往墙上一砸，火冒三丈地走出房间。

医生不知道有没有听到这段对话，面无表情地大口喝着罐装酒。

一对上我的视线，他就冷冷地说："你如果没钱，明早就给我滚出去吧。"

隔天一早，我坐着破烂的轮椅被赶出医院。虽说是医院，却是连个看板都没有的房子，那个醉鬼肯定是没有执照的庸医吧。

我虽然来到了外头，却不知道自己身在何处。我用唯一能动的右手推轮椅，想走到大马路看看。

就算会被瞧不起，但我的确是暴力的受害者，所以我决定向警方报案。

转来转去找警察局时，轮椅的车轮卡进人行道的沟槽里，无法动弹，无论多用力，光靠一只右手根本无法把轮子抽出来。

看到受困中的我，原本在公车站等车的像是上班族的年轻男子，以及在人行道上走路的中年女人立刻上前。

"你有什么困难吗？"

"需要我帮忙吗？"

真感谢他们，原来我还没被这世界遗弃。

"怕出所（派出所）。"

"什么？"

"君查（警察）。"

"我知道了，你是在说警察吧？"中年女人听懂了我的意思。

"那我帮你推到警察那里。"上班族绕到我的背后，握着轮椅把手。

"等等，你等一下。"中年女人抓住他的手。

"怎么了？"

"也带我一起去。"

"这人是我发现的啊！"

"不对，是我先发现的！"

两人开始争吵起来。

上班族冷冷地看着中年女人。"你只是想利用帮助这个人的行为来提升自己的股价吧。"

"你才是在打这样的算盘吧。"

"我纯粹觉得助人为本。"

"那就这么做吧。我们两人一起带他过去，警察的笔录上也一并记上我们两人的名字，怎么样？"姜还是老的辣，中年女人找出了妥协的方法。

"好吧，也只好平均分了。"上班族不情愿地接受了提议。

于是我被他们两人带到了派出所。

"发生什么事了？"

年轻警官一看到我全身缠着脏的绷带，还坐在生锈的轮椅上，脸色顿时大变。

"教冲笨滴难人把偶黑成字样（叫冲本的男人把我害成这样）。"

"什么？我听不清楚您的话。您有带身份证吗？"

"菜可袋里（在口袋里）。"

"嗯？口袋吗？抱歉，我拿一下。"

警察从我的口袋里找出皮夹，再拿出身份证。

帮我忙的两个人，眼神发光地盯着那张身份证。

警察将身份证刷过刷卡机，桌上的电脑屏幕立刻显示出我个人的记录与股价。

一看到我的资料，警察的表情明显沉了下来。

"这股价也太低了吧，而且这人还在'可疑人物圈'里。"

听到警察的话，中年女人与上班族瞬间露出失望的表情。

"你们白费力气了，帮助这种没价值的人也只是白搭。"

"我才没有这意思……只是看到他有困难才帮他的。"中年女人说。

"我也是。"

听到两人伪善的回答，警察不禁扑哧笑出来，随即用锐利的目光看着我。

"你这家伙看起来还很年轻，是干了什么坏事吗？"

一看到我的股价，警察的口气整个都变了。

听到警察说的话，那两人像是在打什么主意般，眼睛又闪起光。如果协助警方逮捕到犯罪者，同样会反应在股价上。

"你最好老实说出自己做了什么！"中年女人说。

"对啊，你这家伙究竟干了什么好事？"上班族也一致地逼问我。

我摇摇头。

"给我老实说，别小看警察，你这家伙！这伤究竟是怎么来的？"

"偶私被黑者（我是被害者）。"

"什么？你在说什么？"

正当此时派出所的电话响起，警察拿起话筒："是，抢劫？好、好，我知道了。我马上赶过去。"

警察连忙站起来。

"不好意思，有案件发生。你们快点回去吧。"

"这个人怎么办？"中年女人指着我说，似乎是不能接受无功而返。

警察用不屑的眼神看着我。"如果你有地方去就快滚吧。如果再在这附近游荡，我会找理由把你抓起来的。"

"就这样回去吗？"上班族还不肯罢休。

"还有问题吗？我可是忙得很的。"由于反被警察怒瞪，上班族只好乖乖闭上嘴。

于是警察便跨上自行车，骑去了别的地方。只留下他们两人和我在派出所。

"忙得焦头烂额时给我开这种玩笑，浪费我的时间。"

"真是白忙一场了。"中年女人也跟着破口骂道。

上班族看了下四周，确认周围都没人之后，突然往我的头狠敲下去。

"如果不这么做，真叫人怒气难消！"

"我也要，吃我口水吧！呸！"中年女人向我吐口水。

两人恶狠狠地瞥了我一眼后，便走出派出所。

我真是欲哭无泪了。

转动着的轮椅发出嘎嘎的声音，我离开了派出所。

由于身无分文，我从那晚起便只能睡在公园里。

同样睡在公园里的有一位叫阿富的老先生，他分给我一些瓦楞箱和塑胶布。

阿富专门捡非法丢弃物中的大型垃圾，拿去卖给收购二手货的店家，因而攒了些现金。因为这工作被判断对社会有贡献，股票勉强维持在上市的状态。

我也一样，若不赶紧做点什么，被"股市守门员"逮到就会判断我是无业游民，股票说不定就真的会被迫中止上市。

可是只有右手能够动的身体，根本无法求职。

栖身在公园里的生活过了一个月左右，一个男人敲了敲我的瓦楞箱屋。

"我是东图股份有限公司的人，敝姓木村。"

他身穿深蓝色的三件式西装，宛如绅士服店里的模特一样衣装笔挺，笑容可掬地递出名片。

"东图？"

"我们是广告代理商。"即使面对全身散发恶臭的我，男人仍然保持着完美的职业性笑容。

"广告代理商找我有什么事吗？"

"恕我冒昧，请问您现在有工作吗？"

"没有，什么工作都没有。啊，有啦，有清扫马路的业务。"

我担心他是假装成业务员的"股票守门员"，瞬间改口。找出没有上市资格的人，逼退他们的股票下市就是这些家伙的工作。就算是跟壁纸一样的股票，如果不能维持上市就没有生存的资格，像哥哥一样变成燃料也是很稀松平常的。

"清扫马路吗？真是了不起的工作呢。如果愿意的话，能否和敝社合作呢？工作内容非常简单，也能对社会有所贡献，而且是确实能领到现金收入的工作。"

"可是，我身体这样……"

木村的眉尾瞬间往下掉，露出深表同情的表情。"真的很辛苦，可是没问题，这份工作任何人都能胜任的。"

那时我肚子都饿扁了，整整两天只喝公园里的水果腹，简直饿到前胸贴后背。

"请您详细说明。"

东图股份有限公司的木村露出笑容，从公文包里拿出用高级纸张印刷的公司简介。

大学医院宽敞的候诊室里，大批患者等着叫到自己的名字。
"股癣与各种癣疾专家先生，股癣与各种癣疾专家先生。"
从诊疗室走出来的年轻女看护师，在候诊室大声喊着。
在那里的患者和陪同的人都在互相对望，忍着笑意。
"股癣与各种癣疾专家先生，股癣与各种癣疾专家先生。"
"股癣与各种癣疾专家先生在吗？"
"我在。"我向看护师举起右手说。
候诊室所有人的视线顿时集中在我身上。
广告代理商，东图股份有限公司的木村让我签的合约是我的

"Naming Rights"买卖合约书。

"Naming Rights"指的是命名权,这类似球场或大楼将名字的权利卖给企业,而更名成"某球场"或"某大楼"的情形是一样的。

最近这种做法也广泛地运用在个人上,急着筹措现金的人就会卖掉自己的命名权。据说有些狠心的父母亲,甚至会卖掉新生儿的命名权。

越是排斥作为个人姓名使用的名称,越能卖出高价的命名权。

因为和全球制药签约,我户籍上的名字已经不再是"青岛裕二",而是"股癣与各种癣疾专家"。

包含在契约内容里的项目不只改名字,还有条附带事项是"这个名字要在公共场所中一天被叫三次以上",而且三次中的一次,必须是在医院的皮肤科候诊室。

既然是皮肤科,为股癣苦恼的人想必很多。如此一来,全球制药也能获得最大曝光率的广告效果。更何况我还把脸部的广告范围也卖给了全球制药,所以额头上和脸颊上都刻着"股癣与各种癣疾专家"的横幅广告。

三

"早安。"

"早。"

"癣疾专家先生,您觉得怎么样?"

"唔,可能因为麻醉药的影响,觉得头有点昏昏沉沉的,但没有不舒服。"

"是吗……"

"昨天休假你去了哪里呢？"

昨天是田丸小姐的休假日。

"没特别去什么地方。"

"想必是去约会了吧。"

"我没有男朋友。"

"真的假的？田丸小姐，你喜欢什么类型的人？"

田丸小姐思考了半晌后说："像癣疾专家先生这样的人。"

"哈哈哈，真谢谢你。"

"我是说真的啦。"

"就算是恭维的话，我也很开心啊。"

"才不是恭维话呢。"

这声音听来有些羞赧，难不成她说的是真心话？不过气氛变得有些尴尬，我将话题一转："之前我说到哪儿了？"

"嗯？"

"我来这医院的前因后果啊。"

"啊，讲到癣疾专家先生成为癣疾专家先生的事。"

"对了，讲到卖掉命名权的事。那我继续说下去吧。"

"好的。"

"这种故事不会很无聊吗？"

"才不会无聊，请务必说给我听。"

*

"股癣与各种癣疾专家先生，股癣与各种癣疾专家先生。"

在银行的窗口，穿着制服的女银行职员叫着我的名字，最起码三次都要被叫得很大声。

"股癣与各种癣疾专家先生。"

我算准了时间推轮椅出去，并大声回答："不好意思，各种顽强的癣疾一次搞定，股癣与各种癣疾专家就是我！"

既然是要在人前叫出这个名字，明明没做什么也要到各个店家里走走。

"这名字好奇怪啊。"当我离开银行在等红绿灯的时候，身后传来这个声音。

穿着套装、身材高瘦的女人，巧笑倩兮地看着我。

我没有理会她，视线转回前面。

那女人来到我旁边，递出名片，"抱歉突然打扰你，我是这家公司的人。"

我只是瞄了一眼名片，没有收下。信号灯变成绿灯后，我默默地推起轮椅。

女人跟在轮椅后头。

"等一下。"女人拉高嗓门叫着，我想要甩开她。

"请听我说。"对方也加快脚步，没有要离开的样子。

看到我还是没理她，女人跑到轮椅前，像个守门员一样张开双臂拦住我。

"请听我说，青岛裕二先生。"

结果我半强迫地被拉到附近的吃茶店里。

我们坐在窗边的位子上，女人再度递出名片。

"我是藤山会社的经理如月睦美，您知道藤山会社吗？"

听都没听过。

"我简单解释一下我们的工作吧，我们公司是帮助坠落谷底的人重回社会。"

"类似义工团体吗？"

"差不多像那样吧。"

"为什么你们会知道我以前的名字？"

"我常在医院里看到你，因为好奇就去调查你的事了。我很想知道把名字改成股癣与各种癣疾专家的男人，究竟有什么样的过去。"

如月背出我的经历。"出身于下层地区，OK大学第一名毕业，任职于三友KSJ友好安心银行，隶属于新宿分行法人营业部，是深受公司器重的年轻栋梁。却因为内线交易被降职至关系企业，之后又因为散发消息——"

店内静谧无声，周遭客人的视线全集中在我们身上。

但如月不为所动，嘴边仍带着笑意。连她那莫名的镇定也让我很不舒服。

"你回去吧。"

"再谈一下吧。"

"我还有工作。"

"难道你要在人前被唤作这种名字，赚点小钱过一辈子吗？"

我想要推轮椅，如月却按住了我的手。

"你绝不是终其一生潦倒的人，我们能够拯救你。你就当作被骗，来我们公司一趟吧。"

"这种话我已经听得太多了。之前我被像你这样口蜜腹剑的那些人骗得好惨。"

"那就当作再被骗一次吧。"如月直勾勾地盯着我的眼睛。

藤山会社一时之间成为成功者的代名词,这间公司位于四本木山丘大楼的第三十层。会议室里有张超大的玻璃桌,以及一张张柔软好坐的高背椅,我和如月面对面坐着。

"这个世界上没有毫无价值的人。"

"真会说漂亮话。股市已经认定我没有价值,看看我的股价就知道了。"

"这表示你承认自己毫无价值吗?"

"当然不是这样,但那种股价没有人会再雇用我,甚至连房子也不肯租给我,更何况我的身体也……"

我用右手敲打好几次残废的双脚和左手,连唯一幸存的那只手,也因为被冲本带去给庸医治疗的医疗失误,导致上手臂严重变形。

"你不可以放弃!"

"你们的目的究竟是什么?"

"只是帮助人而已。"

背后肯定有什么阴谋。如今这个世道每个都是趁机抓住别人的弱点,雪上加霜的家伙。

"你不想扳回一城吗?你明明能力卓越,股市对你的评价却只有这样。"

"那也没办法,因为股市是绝对的。"

"回头看看那些陷害你成罪犯的'股市守门员',对你见死不救的'挚友',最可恶的就是股票市场,不觉得很不甘心吗?"

带着邪恶眼神的森,不顾情分卖掉我的股票、解除"挚友"关系、连一通电话都没打来过的桥本等人的脸,在我脑海中浮现。

"先跟你说,我可是一毛钱都没有,身体也如你所见。"

"这我知道。治疗你所花的费用,全由我们来承担。"

"世上哪有那么好的事?"

"您听过复兴信托基金公司吗?"

复兴信托基金公司?我记得做银行职员的时候,曾听过美国有创立缓解困境的投资信托基金。

"至今为止和你股价差不多的人,就算能勉强维持在市场上,也像丧家之犬一样过得非常凄惨。可是时代已经变了,第一步就是我们要收购你所有的股票,也就是中止上市。"

"中止上市!这么做的话我就会——"

"放心吧,法律已经改变了。如果找到新的父母,就算股市中止上市也不会被制作成生物燃料的。"

"新的父母?"

"没错。也就是回到小时候,这么说就容易理解了吧。小孩子的股份握在父母手上,并没有上市。也就是说,从今以后由我们代替你的父母让你重生,重新培育你的股价,到最高点后再上市。"

"重新培育我的股价再上市?"

"是的,你今后会过着第二人生。"如月的举手投足充满着自信,仿佛自己是绝对的。

"真的能够这样吗?"

"当然可以。"

之后如月便开始有条不紊地向我解说信托基金的意义。我逐渐被她的话所打动，听完的那一刻，甚至觉得不妨就信她一回吧，自己说不定还能继续活下去。

"你可以重新做人，但首先要接受精密的检查。我们的合作医院里有一流的医生，所以你什么都不用担心。"

之后我就被如月小姐带到藤山会社的合作医院，接受了精密的检查。

医生让我看检查结果的一览表，并逐条向我解释每一个意思。

如同监护人一般陪伴在我旁边的如月小姐，露出温柔的笑容向医生问道："医生，那么他还能够走吧？"

"可以的。"

"手呢？"

"应该也可以完全恢复，之前帮你看病的医生也太过分了，几乎跟没有治疗一样。"

庸医那醉醺醺的脸浮现眼前。

"但这会是很辛苦的治疗哦。"

医生这番话似乎在测试我的决心。

"只要一想到至今所发生的事情，再苦都忍得住。"

"很好，姑且相信你吧。"

医生对我伸出右手。

"请多指教。"

我感激地用力回握医生的手。

如月小姐则把自己的手放在我手上。

"从现在起我们就是一个团队喽。"

当天办了住院手续,我分配到的是顶楼一间宽敞的单人房。

"我不用住那么好的房间啦。"

这间病房相当豪华,连浴室和访客专用的客房都应有尽有,害我有些畏缩。这里跟之前栖身的公园简直有天壤之别。

"你的价值如果提升,对我们也是有利的啊。所以现在别想其他事,专心治疗吧。"

这时,一名肥胖的中年女性进到房里。

"她是土屋女士,我没办法每天都过来,所以今后就由她来照料你的一切大小事。"

"请多指教。"

虽然她笑着打招呼,但老实说我非常失望。

如月小姐似乎很忙,我也没奢望她今后能够一天到晚都陪着我,可是代替她的竟然是这位胖大婶,落差未免也太大了。

"我是土屋,请多指教。"

她是个很适合穿围裙、庶民阶层的人。

"他是股癣与各种癣疾专家。名字有点长,但合约就快失效了,在那之前请忍耐一下。"

听到如月小姐的解释,土屋女士为了记住我的名字,喃喃念了好几遍"股癣与各种癣疾专家"……

隔天,病房的桌子上摆了本厚得跟电话簿一样的档案夹。

"计划案制订好了,你仔细看看,要给我记好啊。"

档案夹的封面上写着"股癣与各种癣疾专家(旧名:青岛裕二)价值提升计划"。

看到第一页时,我不禁怀疑自己的眼睛。

"股癣与各种癣疾专家的改造重点。"

"身高拉长十厘米,腰围减少十厘米,增加肌力,上半身塑造成倒三角形。头发增量百分之三十,脸小百分之十五……"

看到我讶异地说不出话来,如月嫣然一笑。

"觉得怎样?"

"连外表也要改变吗?"

"当然啊,人的外表也很重要的。"

"可是,真的能够办得到吗?像是把身高拉长和把脸变小什么的。"

"现代医疗技术没有什么办不到的,因为是要改变全身的骨骼,所以身体暂时不能动弹一段时间,一旦熬过去就能以另一个人的身份重新展开新的人生了。"

下一页是用电脑绘图描绘的手术后预想图,里头的人简直就是模特或明星。

"我真的能变成这样吗?"

"当然可以!"

我把如月小姐的身影放在完成的预想图旁,想象那幅画面——俊男美女,相当匹配的情侣。

如月小姐的股价是多少呢?如果我的价值提升,和如月小姐的股价旗鼓相当之后,那样的梦想也会成真吧?

隔天起我便开始进行治疗和改造手术。我的双手双脚用绷带固定住，为了矫正腰椎和脊椎而固定在病床上。脸上的广告刺青已经用激光除掉，但还必须将一部分的大腿皮肤移植过去才行。

"眼睛也要蒙起来吗？"

"因为你有初期的白内障。请放心，这手术没有失明的危险。"年轻的眼科医生说。

我接受了一个又一个的手术。医生虽在一开始说明了要动手术，但这几天究竟是动了哪个部分，又是动什么样的手术却不得而知，我就这样直接被带进手术室。

反正就算解释给我听也听不懂，我相信医生和如月小姐，所以完全不担心。

我醒来的时候手术大部分都已经结束，并被告知手术成功。

眼睛看不见，脖子以下被打了麻醉，我持续过着身体无法动弹的生活。但一想到我越来越接近那张像是明星的预想图，这些痛苦的过程都无所谓。

四

"所以说癣疾专家先生是在等待出院后的第二人生吧。"

"是的。"

"如果曾经订过婚的人看到您，想必也已经认不出来了。"

"应该吧。如果跟那张预想图一样的话，我简直是变成了另外一个人。"

停顿了一会儿，田丸小姐鼓起勇气似的说："对不起。"

"怎么突然这么说？"

"我因为有点好奇，所以调查了那两人的事。"

"她们两人吗？"

"是的，趁着昨天休假，我调查了曾跟您订过婚的亚矢子小姐和绘美小姐的状况。"

"是吗？"

"您想知道吗？"

"唔，好吧。"

"绘美小姐的确如癣疾专家先生所说跟富二代结婚，现在生了一个孩子。她的丈夫也决定要继承她父亲的公司。"

"是吗？"

我并不是对她依依不舍，但听到这消息心情有些复杂。毕竟那个富二代的位置本来是我的。

"亚矢子小姐和癣疾专家先生分手后，为了忘记您离开了东京，在乡下的工厂工作。可是那工厂因为经济萧条而倒闭，她为了生活在特种行业做过一段时间。"

亚矢子吗？她的外表算是朴素型的，竟然去做特种行业，真令人意外。

"亚矢子小姐和店里的男客人同居过一阵子，但那人却是个坏男人，听说亚矢子小姐在不知情的状况下被利用，所以和男人一起遭到逮捕。"

"真的假的？"

"是真的，男方因为被判有罪，后来股票就被中止上市了。"

"亚矢子呢？"

"她也差点被中止上市，幸好股权被信托基金公司收购。"

"是吗……"

原来亚矢子也曾掉落至谷底，被信托基金公司给救起来了。真没想到她跟我即使分手后也走上了相同的人生。

"由于那个公司是相当靠得住的复兴信托基金公司，所以亚矢子小姐考取了看护师的资格，目前正在医疗现场工作。因为如今医疗和看护的工作人手都不够。"

"是吗？我完全不知道她的状况。"

分手之后，我想都没想过亚矢子会过这样的生活。因为她条件不错，我想象中她会和自己匹配的中小企业上班族什么的人结婚，过着无聊却幸福的生活。

话虽这么说，分手之后，我几乎没去想过她的事。

"现在她们两人都各自走上自己人生的道路。"

"嗯，听到这些真是太好了，谢谢你。"

"癣疾专家先生。"

"怎么了？"

"如果，我是说如果啊，如果你的第二人生要跟她们两人其中的一人重新来过，你会选择谁呢？"

我脑海中浮现她们两人的脸。

光看婚后能够帮丈夫持家这一点，跟脾气倔强任性又爱打扮得光鲜亮丽的绘美比起来，当然是选顾家型的亚矢子。可是如果和绘美结婚，我应该就能继承她父亲的公司，但和亚矢子共组家庭，我终生都只是个微不足道的银行职员。

"还是——"

"还是?"

"绘美吧。"

"是吗?"

田丸小姐大大地叹了口气。

"怎么了?"

田丸小姐没有回答,默默地站起来。这时有一阵巨大的声音,病床都跟着剧烈摇晃。

"怎么了?没事吧?是撞到东西吗?"

又出现了巨响和撞击声。

"田丸小姐?"

我听见她啐了一声,看来是田丸小姐在踢病床。

"亚矢子小姐的故事还有后续哦。"田丸小姐的语气变得非常冰冷。

"某一天亚矢子在工作医院的住院患者中,看到一个熟悉的名字,对方是曾经跟自己订过婚的人。她想要接近那个人,因此要求跟原本专门照顾那个人的中年女看护调换。"

"……"

"那个中年女看护姓土屋。"

"怎么会……"

"你终于明白了吗?"

骗人,我不相信。

"为什么你会……"

"你很失望吧,因为不是绘美小姐。"

"不是,才没有这种事。"

为什么之前我都没发现呢，仔细一听，那的确是亚矢子的声音。

"因为刚刚你选的人不是我，而是绘美小姐啊。"

"我其实是想选亚矢子的——"

"你这个大骗子！"

田丸小姐，不对，亚矢子突然尖叫。

我听见亚矢子深呼吸的声音，像是在稳定情绪。

"我也一样很失望，因为我还在期待裕二说不定会选择我。"

"抱歉。"

"太迟了。"

唔？脸上被淋到冰凉的液体，似乎是水瓶里的水从我的头上淋下来。

"可是我毁婚也是不得已的。"

"什么叫不得已？你根本就只是为了自己飞黄腾达。啊，有苍蝇。"

这次有东西打在我脸上。病房里响起清脆的巴掌声，她是在打苍蝇吗？

"不过，我还是觉得能够担任你的看护真是太好了，因为这样就能从你本人的嘴里听到抛弃我的男人为何会沦落成这样，而且连临终都看得到。"

"临终？那是什么意思？"

"就是你的死期到了。"

"别说傻话了，我今后要过另一个人生——"

亚矢子扯着喉咙大笑。

"你这人也太老实了吧。藤山会社的那些人才不是裕二所想的那样，他们只不过切掉你的身体来贩卖而已。"

"你在说什么？他们不是在替我动手术吗？"

"只是单纯的切除手术而已。裕二的脸上已经没有眼睛了，因为连两颗眼球都被卖掉了。不只这样，你的双手双脚也已经不在了。啊，苍蝇又飞来了。"

啪！呃！

"骗人！明明是麻醉起作用所以才不能动！"

我设法想去确认手脚还在不在，可是脖子以下完全没有感觉。

"那是为了不让你发现手脚都没了才打麻醉的。"

"这种事谁会相信！"

"刚刚如月指示我让你喝下安眠药，今天就要处理掉裕二了。如果刚刚你选的不是绘美而是我，我还想帮你呢。我真傻，不管你了。"

"住口！你只是还在恨我，所以看到我重生很不甘心吧。还是说你想跟我破镜重圆？真抱歉。我要提高自己的价值，和如月小姐那样优秀的女生结为连理，你去找合乎自己价值的男人吧。"

幸好我没和这种女人结婚，股价低的人连人品都很低劣。

"如果不相信我说的话，就亲眼去确认吧。哎呀，真不好意思，你已经没有眼睛了。不过，因为我没有让你吃安眠药，就用自己的耳朵去确认吧。"

啪！呃！

"给我滚！不准再出现在我面前！"

我听见开门的声音，有人踩着高跟鞋，还有几个人进到了病房里，还闻到了香水味，是如月小姐。

"股癣与各种癣疾专家先生。"如月小姐叫着我的名字。

虽然我并不相信亚矢子说的话，却假装睡着没有出声。

"股癣与各种癣疾专家先生。"

我发出呼声回应。

"看来是睡着了，那么就开始吧。"如月小姐强而有力的声音说，"请各位看手边的资料。年龄二十八岁，男性，血型是O型。因为住院了一阵子让他摄取健康的饮食，所以内脏没有任何问题。没有需要特别记载的病历。以下的资料可作为参考，他是毕业于一流大学、任职一流银行的精英分子，不过这些跟商品的好坏是没有关系的。"

众人笑了起来。除了如月外，似乎还有几个人围绕着我的病床。

"身体好小哦。"是上了年纪的男人声音。

"因为四肢已经全卖掉了，有一颗肾脏也已经被订走。"

啊？卖掉……

"你们把他的手跟脚卖到了哪里？"

"卖到大学里的整形外科，作为学生学习骨折治疗时的教材。"

"真有各种需要呢。"另一个男人感慨地说。

"江户川乱步不是有本小说叫《芋虫》吗？差不多就像那样的感觉。"

"没错没错，书里的主角的确因为战争失去了手跟脚。"

"但这个人的手脚是被卖掉了，毕竟这个时代什么都能变成钱。"

不可能。怎么可能会有这种事……难道真如亚矢子所说，我的身体已经没有手脚了？

一定是故意要吓我的，看到我被吓坏后就会有人扛着摄影机跳出来吧。没错，一定是这样没错。

"今天就要全部处理掉了。"如月冷冷地说。

"我知道了，就由我们接收剩下的那些脏器吧，包括阑尾。"一名男性这么说，周遭的人吵嚷起来。

"等一下啊，Q大附属医院的，我们医院也有很多等待移植的患者啊。"

"X大的，您在说什么啊？之前您说等待手术的是议员，所以就给贵院了，这次要由敝院接收。"

"我是P县县立透析中心的山田，我们中心对剩下的一颗肾脏有兴趣。"

"有兴趣的又不只有你们。"

"我们医院也是期望这次会出售健康的肾脏，才特地过来的啊。"

"好了好了，各位请安静。"如月出面调解，"需求量较大的脏器，将会进行竞标。"

"附保证书吧？"

"当然有。切除后的一年内，若出现移植排斥反应可无条件更换。"

"这家伙的玩意儿挺不赖的嘛，肯定惹过很多女人哭。"

"请别碰那个地方。"如月大声呵斥。

我无法再沉默下去。"如月小姐。"

听到我的声音，整个病房安静下来。

"你醒着啊？"

我已有心理准备。

"如月小姐，这是在开什么玩笑吧？"

她没有回答。

"究竟是怎么回事？如月小姐。"

"……"

这时，一个男人开口说："现在再瞒着他也没用了。若竞标上决定好买家，脏器取出来后，他就会跟这世界说拜拜了。"

"确实是这样，没错。"

亚矢子说的果然是真的。

"开什么玩笑！你们把我的身体当什么了！"

"他开始吵喽。"

"现在马上给我滚出去！"我大喊，"如月，你这个大骗子！"

"把钳子拿过来。"如月指示说。

我听见有人跑远后再跑回来的声音，接着我的嘴里马上被塞入什么硬硬的金属。

我虽然尝试着抵抗，但动个下巴就已经是极限。舌头又立刻被那钳子夹住。

"呜！"

扑哧一声，嘴里全都是血。

"嘴里塞个什么，别让他窒息！"如月怒吼说。于是我的嘴里被塞入管子。

"这个拿去冷冻。"

"请问，如月小姐。人类的舌头能用来做什么吗？"

"车站前的牛丸老板跟我买了这舌头。"

"牛丸吗？呃，我还差点吃了他们家的盐烤牛舌呢。"

"其实很好吃哦。"如月声音冷静地回应。

"虽然出现偶发状况，但这样各位就清楚商品活力有多好了吧？"

周围响起众人的笑声。

"似乎没经过本人的同意,这在法律上没问题吗?"

"没问题的,这男人的所有权已经转让给敝社了。"

"那样我就放心了。"

"唔!呜!唔!"舌头被拔掉的我,只能发出咿咿呜呜的声音。

"现在可以开始竞标了。"

"呃!唔——"

"先从肾脏开始。"

"××万元!"

"C大医院出价××万元,还有人要出价吗?"

"××万元!"

"谢谢。P县县立透析中心出价××万元。"

"唔!呜——"

受难

汗流过脸颊，从下巴滴下来。

带着湿度的空气，像水蛭一样紧贴皮肤。

老鼠在眼前跑过，蟑螂在墙壁上爬来爬去。

蚊子还没吃饱，一整天都在攻击我的血管。

喉咙一阵阵刺痛。

给我水！给我食物！

谁都好，拜托谁来发现我吧！

大楼与大楼之间的防火巷里，这种光线阴暗又霉味冲天的空间在都市里不计其数。

每栋大楼的墙壁水泥都裸露在外，地面甚至都没有简单地铺上路。墙边有侧沟，里头颜色怪异的水缓缓流动着。

周围散乱着瓦楞箱、生锈的自行车、坏掉的电视机等。这里似乎被当成那些大型垃圾和待回收垃圾的不法丢弃场。

进出这里的铁门在前方二十米处，但这两天完全没人来过。

而我被手铐铐在这种地方。

怎么想都想不出我为什么要来这里。

我清醒过来是在两天前，星期六中午的时候。为了理解自己身处的环境就花了点时间，然后我努力回想事情发生时的状况。

前一天，也就是星期五晚上，公司有聚会，我一直奉陪到第三摊。但有记忆的只在第二摊的途中，之后的行程以及在这里醒来的这段时间完全没有记忆了。

我全身上下到处都有瘀青，外套和公文包都不见了，也到处找不到手机和皮夹，可能是遇到抢劫了。

铐在右手上的金属手铐很牢固，手怎么都拔不出来。另一只手铐所铐住的铁管，离地面约一米呈直角弯曲没入墙壁中。无论是用压的或用拉的，靠我一人之力光摇动铁管就需要耗费极大的力气。

铁管上还挂着另一只锁头被砍断的手铐。看样子，除了我以外，说不定还有其他人跟我一样被铐在这里过。

我仔细观察锁的切口，切口显示手铐不是硬被扯下来而是用工具裁断的。

我从周遭的垃圾中找出似乎能用来裁断手铐的东西，但我的行动范围因为手铐而被限制住了。至少能够把锁裁断的工具，没有掉在我伸手可及的地方。

手铐既然拔不掉，只要不把手砍断就无法靠自己的力量脱身。所以现在就只剩"有人能够发现我"这个方法了。

我当然大声呼救过好多遍，却没有半个人出现。

然后我试着朝铁门丢石头，石头一撞到门就发出极大的声响。问题是没办法使用惯用的右手，所以使不上什么力。而且，没想到黏土性质的土里其实没什么小石头，在手和脚够得到的范围内的石头，也已经全都被丢光了。

我把耳朵贴在大楼的墙壁上，不知是隔音太好还是没人，一点声音都听不见。我拿起若是丢向铁门会嫌太重的水泥块，敲打墙壁好一阵子，也什么反应都没有。

老实说，一开始我并没有那么大的危机意识。

虽然我不知道现在自己身在何处，但很清楚这里并不是杳无人烟的山林。虽然视线完全看不到铁门外面，但那里似乎是大马路，听得见车子来来往往的声音。附近大楼拆除工程的声音，也告诉我那里有人在。四周包围着的高楼大厦中，其中一栋四楼的小窗上也看得见人影。

居民、管理员、清洁业者、承租商的从业人员，肯定有人很快就会过来。我曾经这么认为。

可是当太阳一下山，那份乐观就转变成焦虑。

要在这种地方再过一夜吗？别开玩笑了。

我再度试着把手抽出来，但这么做只会擦伤手腕。

事态紧急，所以我干脆弄坏铁管，用水泥块大力敲打铁管。那可能是瓦斯管，但我管不了那么多，然而铁管仍紧粘着墙壁不放。

大楼拆除工程的噪音没有间断过，使我扯着嗓门大声求救的力气白白浪费了。不仅如此，拆除工程在傍晚结束后，像是交班似的开始大马路的施工。

汽车行驶的声音，救护车的鸣笛声，施工的声音，这附近的确有很多人，却没有半个人察觉到我的存在。

星期六的夜晚也差不多要过去了。

到了星期日状况也一样。不同的是，我饥渴的感觉慢慢濒临极限。

坐下来的时间变长，也因为天气热的关系，意识偶尔会模糊不清，但我还是会敲打墙壁，断断续续地坚持向外呼救。

傍晚的时候我听见铁门外有人说话的声音。仔细想想，因为距离很远，我怀疑是不是听错了，但那时的确听到有人在说话。

"救命！"我从白天就一直大声喊叫，喉咙像是烧灼般痛得要命，声音也变得沙哑。

我找找看有没有东西能够丢的，但跟手差不多大小的石头都扔出去了。于是我看向脚边的侧沟，应该会有石头沉在侧沟里，我犹豫要不要去捡，因为那里是我这两天如厕的地方。最后我下定决心，把手伸进颜色恶心的水里，用手在黏稠的污泥中翻找。这时中指的指尖感到被东西划破的刺痛，原来是十厘米左右尖头的玻璃片沉在里头，指尖被划破了一道。

我将不惜流血所捡到的小石头往铁门扔，几乎一半都打中了，却没有任何效果。

好不容易迎来今天的早晨。之前都没有人过来，是因为周六日放假。到了星期一，公司员工们就会进到大楼里上班，至少管理员或清洁人员会过来才对，这两天我一直这样激励着自己。

可是过了上午十点铁门还是没有打开，我简直气疯了，两手举起水泥块猛地往墙上敲。

不知是被误以为是大楼拆除工程的声音，还是外头都没有人，无论我用水泥块敲打多久就是没有反应。即使如此我仍持续敲打了好一阵子，直到右手腕痛得受不了才停下来。由于右手腕跟手铐不断摩擦，皮肤已经溃烂，开始化脓了。

过了正午还是没半个人过来。气温逐渐上升，就算什么都不做也会冒汗。

应该没人会发现我失踪吧。

住在家乡的双亲，就算我三天没回公寓也不会察觉到异常状况。因为我嘱咐过，除了紧急状况外别打电话给我。

公司呢？似乎更不用对公司抱希望。

我是派遣的员工。八年前大学毕业，正值经济不景气的时候，到处找不到工作，最后成为打工族。一直这么下去也不是办法，所以两年前我去了派遣公司登记求职。

星期五的聚会，是由于我公司与派遣公司之间的合约到期，那天是我最后一天上班，所以这一年来休戚与共的同事们替我开了欢送会。

下周就要开始到新的派遣单位上班。这一星期我原本打算随兴致去旅行，所以公司在下星期之前是不会发现我失踪的。

而且即便有人发现不对劲也不会来找我。从公司的角度来看，我只不过是那些靠不住的年轻人之一。如果不主动联络，公司为了填补空缺会再找人接替我的位子，把我这个人忘得一干二净。

美加呢？

星期五聚会到一半，我趁着醉意拨通了久违的电话给她。

我坦率地向她道歉。稍微清醒后，我发现自己在居酒屋的厕所里，拼了命地倾诉有多么需要美加。

"我需要一点时间。"她对我说。

我有错在先，只能等待她的回答，但从声音来听似乎希望渺茫。

看来除了靠自己的力量逃脱，或是偶然间被人发现之外，没有其他方法能逃出这里。虽说是靠自己的力量，能做的也很有限。

状况变得越来越糟，接下来难道我只能喝侧沟里的脏水吗？

水的颜色很恶心，如果喝了这种水，不知道会对身体产生什么影响。然而，如果渴到濒临死亡的话，就无法冷静下判断了。饥饿到达临界点的人类会吃人肉的例子多得很。

自己的意识中口渴的程度已接近极限，但仍觉得这脏水很恶心，就表示还能够撑下去吧。

在我思考这种事的时候，这两天一直在等待的事情终于发生了。

铁门打开了！

我反射性地站起来，却失去平衡往后倒下去，完全忘记自己还铐着手铐。

虽然用力撞到尾椎却不觉得痛，因为终于能离开这种鬼地方了。

铁门前面站着一名穿着制服的女人，她似乎是个办公室职员。

对方也发现了我的存在，似乎担心我会拿枪指着她，她一动不动地站在那里。

我的位置离铁门有段距离，视线又很暗，所以看不清楚女人的长相。

"请救救我！"我嘴巴很干，因此声音很沙哑。

可能是听到我的声音而回神，原本没有动的女人开始往后退。

"我不是可疑人物，请救救我！"

女人的背碰到铁门。

会有这反应也是理所当然的。这种阴暗的大楼之间有个男人在大喊救命，没有人会不觉得奇怪。

"请替我报警，我真的不是可疑人物！"

女人逃也似的跑出去。那一瞬间我看到了铁门外头的状况，那里果然是车水马龙的大马路。在那种地方就算撕破喉咙大喊，也不可能有谁听得见我的声音。

不过没事了，我安心地坐下来。

这栋大楼可能是那女人工作的地方吧。就算她没打电话报警，应该也会向公司同事或上司通报说这里有奇怪的家伙才对，如此一来肯定有人会过来看看状况。

想到即将要被救出去，我打量自己现在的模样，真是惨不忍睹。我拍掉白衬衫和裤子上的沙尘。胡子是没办法处理了，但我用手当作梳子梳理头发，再用手帕把脸擦干净。

脸上自然而然浮出笑意。

我要一桶一桶地畅饮冰啤酒，脑中的食物名单越列越多。

可是过了一个小时，别说大楼的警卫人员，连警车的警报声也没听到。

不会吧。

我气到猛踹地面，极力咒骂着连名字都不知道的女人。

怎么会有这种事？

我忍不住流下眼泪。

到头来，周围变得越来越暗，却还是没有任何人过来。

屁股感受到道路施工用的大型机械的震动。

可能因为太累，我不知不觉地睡着了。看了下手表，才过了晚上十点。

背后似乎有什么动静。

不记得有听到铁门打开的声音，可能睡着没注意到吧。

从马路照射进来微弱的光线照出一个模糊的人影，因为反光看不清长相。

距离大约十米，人影从暗处一声不响地窥探着我这里的状况。

"那个……"我出声叫唤。

人影吓得颤抖了一下，想往铁门跑回去。

"请等一下！"

听到我的声音，人影停了一下。

"我不是奇怪的人，请救救我。"

人影又沙沙地移动。

"请等一下，请帮我报警！"

人影还不打算停下来。

"等一下啊！你要见死不救吗？！"

人影打开铁门走到马路上时，被街灯和车灯照出了身影。

是白天来的那个女人。

"浑蛋！"我朝着铁门破口大骂。

隔天，当我睁开眼时旁边站了个女人。

于是我立刻跳起来，伸出右手想离女人更近一点。

女人紧张地往后退。

"等等！"

我左手伸向前，又说了一遍："等一下！"

女人虽然很小心，却停了下来。

女人双手握拳在胸前，似乎是在向神祷告寻求保护。

她二十出头，说不定才十几岁吧。她睁大眼睛看着我，皮肤白皙，几乎没有化妆。因为个头娇小又是娃娃脸，若不是穿着公司制服，她看起来更像是高中女生。

这次若让女人逃走，我肯定必死无疑。

"我不是罪犯，只是个在公司上班的普通男人。我遭到流氓的纠缠，被抢走了公文包，里头还有手机和皮夹。"

我拼命强调自己是被害者。

女人小声地喃喃自语，但完全听不见她在说什么。

"嗯？你说什么？"

女人没有回答，只盯着手铐看。

"那是手铐，不是真的手铐，但因为是铁制的无法轻易被破坏。所以别担心我会伤害你，我也不会要求你拿掉手铐，只要帮忙报警就好。既然都这么说了，你应该明白我不是个逃犯吧。如果不想被牵扯进来，就请借我手机，我自己来打电话。"

不知道有没有听进我的话，她依旧不停地喃喃自语。

"我懂你在想什么。一个男人被手铐铐在这种地方，当然会觉得很奇怪，但你还是过来了。你做得很好！"

我对她只举起左手，做出合掌央求的姿势。

"你一定是很有勇气的人，所以你能再度鼓起勇气，帮我跟警察联络吗？"

女人对我的话仍然没有反应。

她将我从头到脚打量一番之后，从包包里拿出本书并开始翻页。

"那是什么书？"

虽然觉得这问题很白痴，但就是想起个头跟她说话。

女人将手停在某一页，比对着我和那本书。

这女人在干什么啊？

我不由得焦急起来，但又不能逼她。看年龄说不定今年才刚毕业，可能她不知道该如何处理这种状况。

"我真的很困扰，请你帮帮我。我从星期五就没吃没喝，都快受不了了。"

女人恍然大悟似的，终于发出听得到的声音说："星期五，果然……"

"星期五怎么了吗？"

可能觉得自己的话被听见很不好意思，她又压低声音咕哝着。

"你没带手机吗？"

我希望她能够当场报警。

"请看一下，我不仅受伤还化脓了，如果不治疗的话会很危险的。"伸入侧沟时刺到的伤口已经化脓。我把指尖朝向那女人。

但她没有要看我的意思，视线专注在书上。

"请帮我叫人来，求求你了。"

女人像是想到什么似的合上书，冷不防地往铁门冲出去。

"等一下，要帮我报警哦！"

她没再看我一眼。我追逐她的背影并在内心默默祈祷，这时发现她走到铁门前的一个空地时是跳过去的，跳跃的高度约有一米。

怎么用跳的？那里有水洼吗？

从我的位置来看，只看得到地面插着一根约三十厘米长的细竹棒。

依旧没有任何人过来，一个人都没有。警察、急救人员或大楼的管理人都没来……

我甚至无力生气了。

但我对那奇怪的女人仍抱有一丝希望，努力地想在嘈杂的声音中分辨出警车或救护车接近的声音。

最后只剩下警报器的声音如耳鸣般不绝于耳。

不管怎么擦，汗水仍会流进眼睛里。或许是阴凉处的原因，这里的湿气很高，蚊子连番攻击我。拆除工程的施工声一整天都没停过，我觉得自己快要疯了。

中午的时候女人再度回来。可能正在上班吧，她的头发跟昨天一样在脑后梳个发髻，穿着淡绿色的制服。

虽然被气得七窍生烟，但现在也只能仰赖这个怪女人。

"你帮我报警了吗？"我口气冷静，假笑着对她说。

女人没有回答，害羞地将手中的塑料袋放到我面前。

这是什么，慰问品吗？

"你没打算救我吗？"

对方毫无反应。可是她的眼神并没有威胁的意思，而是充满了好奇心。

"拜托你，救救我！"

我拼了命大喊仍旧行不通。她跟今天早上一样在竹棒的位置上跳了一米高，离开了。

我的面前只剩下塑料袋，袋口露出塑料瓶的盖子。

是水。袋里装的是矿泉水和综合坚果。

我拿起矿泉水就喝，喉咙发出咕噜的声音。水分一点一滴地浸透到每一个干涸的细胞里。想到目前的状况，应该要慢慢喝才行，但我想到这一点时,水已经被喝光了。

我贪婪地把坚果扔进嘴里,一口气就吃光了,连袋子里的碎屑都倒在掌心上吃下去,最后将沾到袋子里与手上的粉末跟着汗水一起舔干净。

虽称不上吃饱,但总算稍微解饥。

那女的究竟在想什么啊?有余力想事情之后,我心中又涌上这个疑问。

语言不通吗?

不对,她确实说了"果然"和"星期五"什么的。

还是少根筋?

看起来不只少一根筋而已。她可能误以为我是自愿待在这种地方,而这个水和综合坚果只是慰问品吧。

便利商店的袋子里透出四方形粉红色的东西,刚刚我以为那是传单,拿过来仔细一看,发现是一封信。

> 很高兴认识你,我叫广子。大家都叫我"小广"。(笑)
> 再次被选为介助人,深感荣幸。我会加油的,请多指教。
>
> 小广

我简直要昏倒了。

画有可爱猫图案的信笺上,是那女人写的圆形文字,空白处还贴上了星星和爱心的贴纸。

她果然是少根筋,根本不知道我现在的处境有多凄惨吧。

话虽这么说,她既然会拿食物和水过来就表示她知道我肚子饿。

虽然对待我的态度莫名其妙，但看不出她有敌意。从这信上的内容来看，似乎有要照顾我的意思。

我又读了一遍信的内容。

——再次被选为介助人，深感荣幸——

介助人？

难不成是那女的把我带来这里的？

她长得很可爱，有点萌系偶像的感觉，如果男士喜欢这种类型的女生，应该会想要跟她搭讪。虽然她不是我喜欢的类型，但星期五那天喝得酩酊大醉，说不定是我起了色心，被那女人带到这种地方铐上手铐的。

虽然那张脸看起来连只小虫都不敢打死，但搞不好是个爱玩监禁游戏或宠物游戏的变态。如果是她把我监禁起来，这封信就能成为有力的物证，离开这里后我就要把这信交给警方。

我将信放回塑料袋里，并将袋口折起来免得被雨淋湿。

一整天充斥着各种噪音的地方，突然出现啪哒啪哒这个从未听过的声音。我翻个身，这次身上传来如小鸟振翅般的声响。

在我睡觉期间，有把塑胶伞摆在旁边遮住了我的头，身体上也盖着塑胶布，想来是雨滴在上头的声音。

脚边则放着跟昨天一样的塑料袋。

现在过了早上八点，名叫小广的女人来过。

塑料袋中同样装着水和综合坚果，但水比昨天的瓶大，是一公升装的塑料瓶。

我躲在雨伞中,把杏仁丢进嘴巴里。如果那女的没有来过,我会很感激这场雨,大口向天喝着雨水吧。

话虽这么说,但我压根没有要原谅那女人的意思。

塑料袋底又放了封信。

> 今天从早上就开始下雨。
> 天气再怎么炎热,淋到雨还是会感冒的。
> 完成重大使命之前请您要保重身体,不要生病哦。
>
> 小广

信笺的空白处仔细地画着我的人像插图,我被画成Q版的三头身,笑眯眯地铐着手铐,站在伞底下。

重要的使命?她究竟在说什么?

她的行动原理似乎无法用常识来判断。

继昨天之后,今天也拿了水和食物过来,可能希望我活下去吧。这么说来手铐果然是她铐上的?

我拿起留在铁管上的单只手铐,跟我的手铐是同一型的。这手铐是怎样裁断的?总不可能真的有人拿着锯子过来。

肯定还会有人发现我的,神不会遗弃我。

那一天的下午,穿着学生制服的男初中生,把铁门打开到一半往里头偷看。刚好我正往铁门的方向看去,所以马上发现了他。

"喂!"

那天拆除的施工声比平时还要大,但少年的脸探进铁门里,想必听得到我的声音。一看到待在破铜烂铁中的我,他似乎吓了一跳。

"救救我!"我再度放声大喊,大大挥着左手。

这动作可能看起来很奇怪,少年半身缩起来,不知道该如何是好。

"我的手被铐住出不去,救救我!"

这种机会不知何时才会再有,我不想错失良机,拼了命地大喊。

"我不是可疑人物!"

少年小心翼翼地走进来。

"放心吧,我动不了,不会伤害你的。"我边说边将右手手铐举起来,并拉一拉让他看看。铁管和手铐撞击在一起发出声响。

少年慢吞吞的,令人着急,花了点时间才来到离我约两米的前方。

"你看到了吧,我好惨。请救救我!"

少年的脸色苍白,身体消瘦,像是食草动物般的眼睛左右张望,完全不敢正视我。从身高来看像是初中生,但他的制服外套胸前的徽章上绣着"高中"。

"你是高中生?"

少年点点头。

"能帮我叫警察吗?你带手机了吗?"

"没有,因为学校禁止带手机。"

虽然学校禁带手机,但既然是高中生,一般都会带着吧。算了,看这少年胆子这么小,可能很守校规和法律吧。

"你叫什么名字?"

"健太郎。"

"健太郎是吗?你能帮我叫警察先生过来吗?附近也有派出所,如果不想去派出所也可以拜托附近的大人。"

"我吗？"少年稍微提高声音说。

这里只有你一个人吧，那是什么态度啊？看到有人陷入这种惨状难道都没什么想法吗？

"拜托你了，我真的很伤脑筋。"

"可是，你为什么会在这种地方呢？"

他的眼神像在打探什么。

"我喝醉了，什么都不记得。"

"真的什么都不记得吗？"

"嗯，我好像只是被卷入纠纷里，所以拜托帮我去报警吧。"

健太郎摸着脸，思考了一会儿后，轻轻点头走了出去。

他没问题吧？虽说是高中生，但感觉不太可靠。

不安果然应验了，过了三十分钟都还没回来。

那个臭小鬼，我要掐死他。等我从这里出去之后，我一定要掐死那个臭小鬼。不对，我要先杀掉那个叫作小广的疯女人。

由于雨停之后太阳出来了，天气闷热得不得了。这也令我的心情更加烦躁。

过了一个多小时，健太郎才终于回来。

一见到他，几秒前的憎恨感瞬间消失，甚至觉得把我所有财产都给他也没关系。不过，为什么只有一个人呢？他好像没带警察过来。

"喂，你没帮我叫人来吗？"

他没有回答。我心里掠过一丝不安。

我看到他手上拿着大型商店的塑料袋。

"那是什么？"

他依旧默默地从袋子里拿出形状特别的剪刀。

"叫卖的大叔说这个连金属都剪得掉。"健太郎喃喃自语地蹲在我旁边，拿起手铐的锁仔细观察。

叫卖？他指的是商店销售人员吗？虽说能剪掉金属，但顶多只能剪薄的马口铁板而已吧，那种就是所谓的万能剪刀。

健太郎拼了命地用力剪，打算用那把剪刀剪掉手铐上的锁。他的脸色逐渐泛红，额头上也开始冒汗。

也未免太蠢了吧。

"是不是有点勉强？"我因为生气，声音有些发颤。

听到我的话，用力到脸都扭曲的健太郎放松力气抬头看着我。

"这个手铐不是塑胶玩具，所以用那个是剪不断的。"为了不让少年发现我怒火中烧，我装出笑容说。

接着我把手放在健太郎的肩膀上，望着那双看起来一点都不聪明的、混浊的眼睛。

"听好，这种剪刀是剪不开手铐锁的。你看看，连个痕迹都没有，还是去叫警察吧。"

可是他又面向锁，仍坚持要用那把剪刀剪。

"健太郎，没用的。拜托你去找警察先生来吧，那样是把我救出去最快的办法。"

他完全没在听我说话，也没有理我，发出唔唔的声音用力剪着手铐。

烦死人了！不管是那女的、这蠢蛋、热气、噪音、湿气、臭味、手铐……

"快给我找人过来！"我暴躁地大喊。

"可是，再用一点力气……"少年仍然用不清不楚的声音咕哝着，不打算放弃。

"我不是说没用了吗？！"我抓住他的手，要他停下来。

为了拨开我的手，健太郎的手肘直接撞到我的鼻子。

我眼前瞬间一片漆黑，按住鼻子当场蹲下来。

健太郎也被自己的行为吓到，瞠目结舌地愣愣站着。

鼻血从指缝间滴下来，滴到污水里。一看到自己的血和脏兮兮的污水混在一起，我内心似乎有什么崩溃了。

"你这个笨蛋，不是说了这种东西剪不断吗？！快去给我报警，你这个垃圾。"

"垃圾……"

"对，垃圾，你就是一无是处的垃圾！有问题吗？"

健太郎脸色铁青，全身开始颤抖。

"不准叫我垃圾！"

"垃圾就是垃圾。如果不想被这么说，就快给我去叫警察来。"

这时，健太郎突然发出吼叫，两只手开始乱甩。

他右手拿着剪刀，就算我想要逃，手被铐住也逃不了。我留意着剪刀的方向，这时健太郎的左拳往我脸上揍下去。

可能是没揍过人，健太郎动作停下来，一边看着自己的左手一边看着我的脸。

我按住被揍的右眼，怒瞪着他。

健太郎似乎有些困惑，但逐渐露出嚣张的笑容。

这家伙是怎么回事啊？之前畏畏缩缩的态度跑到哪里去了？

"喂！"健太郎将剪刀头朝向我。

"你刚刚说我是什么？给我再说一遍。"

我没回答，剪刀突然刺过来。刀刃擦过鼻尖几厘米，如果闪躲不及肯定就刺到脸了。

"你说我是什么？"

似乎还没变声的声音听起来很尖，这让这个苍白瘦弱的少年看起来更加诡异。

"快说！"

他的双眼充血。

"垃圾。"

"给我说大声点！"

"垃圾！"

"我不是垃圾，我才不是垃圾呢！"

他在我的鼻尖威胁似的摇着剪刀。

"给我说！"

"说什么？"

"说我不是垃圾！"

"你不是垃圾。"

"再说一遍！"

"你不是垃圾。"

"你才是垃圾，正治。"

"正治？"

"你是正治，对吧？"

"对，我是正治。你冷静点。"

"我很冷静啊。你在害怕什么呢,正治?你怕我吗?"

"……"

"说你很怕我。"

"嗯,我很怕你,健太郎好可怕啊。"

"那就向我道歉。"

"道什么歉……"

"你从女子更衣室偷走了里美的体育服吧,可别说你忘了这件事!"

"对不起,我偷走了里美的体育服。"

"拿走我手机的事也要道歉。"

"对不起啦,健太郎。"

"手机还我!"

"好,我会还你的。"

"很好,给我跪坐着,闭上眼睛。"

我照他所说跪坐闭上眼睛。我只听得到眼前健太郎急促的呼吸声。

我心里已有准备,说不定他会突然拿剪刀刺过来,因为这少年的精神状况很不对劲。

健太郎咯咯地笑着,一边将拿来的可乐从我头上淋下来。

"可乐很好喝吧,要感谢我哦。"

"谢谢你,可乐很好喝。"

"你就给我跪坐到死为止。"留下这句话后,健太郎便离开了。

我把可乐与汗水混合在一起的黏答答的头发梳上去。

塑料瓶里虽然还有水,但我不可能把宝贵的水拿来洗头发。更何况我全身都已经被汗水和泥巴弄得脏兮兮,现在再加些可乐也没什么大不了。

比起这些,想到虽然已经有两个人发现我,离开这里的希望却完全落空,接受这个事实更令人沮丧。

"你到底想怎么样!"

隔天早上,我一看到那女人就破口大骂。

女人嘴里又在念念有词。

"是你把我关在这里的吗?你的目的是什么?"

不论我怎么大吼大叫,女人的嘴角仍挂着笑容,像是在看崇拜的偶像一样,眼睛闪烁着兴奋的光芒。

"快把手铐解开,如果现在放我走,我保证不会跟警察说。"

女人连忙把手伸进皮包里拿出手机。

她是听不到我说的话吗?

"我只是想离开这里而已。听好,好好听我说话。立刻、马上,解开这个手铐!"

女人开始用手机的照相机拍照。

"你这个白痴在做什么!不准拍!"

她目光炯炯地在我周围走来走去,拍了好几张照片。

专心拍照的女人逐渐接近我,这样说不定能抢走她的手机。

为了避免打草惊蛇,我用目测的方式判断到可以下手的那一刻,顿时伸出手,指尖碰到了手机。但只差几厘米没有够到,手反而拨开了手机。手机从女人手上掉到了地上。

女人吓了一跳,连忙去捡手机。

虽然没能抢到手机,但我深觉报了一箭之仇而在心中窃喜。那女人狼狈的模样也很好笑。

女人在我背后蹲下来,似乎是在检查手机有没有摔坏。不一会儿,她的肩膀开始晃动,似乎是在哭的样子。

"坏掉了吗?我帮你看看吧。"

我当然根本就不同情她,也没有任何歉意。

女人慢慢站起来,微微躬着背,一边擤着鼻涕一边走出去。即使在哭,她仍没忘记跳过那里。

女人消失一阵子后,我突然感到很不安。真不应该惹她生气,毕竟将近一星期除了她以外,出现在这里的就只有那个健太郎。如果那女人从此不再过来,我肯定会饿死。

我想象着在这种又黑又臭的鬼地方喝小便,吃排泄物,逐渐消瘦至死亡的自己。尸体被老鼠啃得四分五裂,说不定几年之后散落的尸骨才被发现。

我切断的是救命绳吗?

拿塑料袋时,指尖传来触电般的刺痛令我下意识地松开手。受伤的指头从第一个关节的前段开始变色,很明显已经不适合治疗了。

我把袜子绑在被手铐划伤的右手腕上。这样虽然不卫生,但只要手铐稍微碰一下,手腕就会很痛。

    天气很热,越来越闷热了呢。真是讨人厌的季节。
    不过,明天终于要开始了。
    请相信小广,fight!

                    小广

明天要开始什么东西?真不知道那女人究竟在打什么主意。

既然是那家伙把我关在这种地方,又为什么要给我食物和水,而且什么要求都没有?别说要求了,连一句对话都没有。

不过有一件事我一直挂在心上,就是跳跃的动作。

从我的位置来看,那个女人回去时会跳起来的地方,既没有水洼也没有老鼠尸体,只有插着像是竹棒的一根棒子,那么细的竹棒明明绕过去就可以,不需要特地跳起来。

健太郎刚刚很正常地走过那个地方。

我蓦地想起小学时的某个同学。

去往学校的路途中有个水沟盖,那个同学绝对不会踩到盖子。不论怎么问,他都不告诉我原因。

某一天,我从他在上课时偷偷摸摸写的"灵界通讯"笔记本中,得知他将那个水沟盖取名为"自缚灵区"。霸凌他的孩子因为觉得有趣而故意去踩那个水沟盖,结果隔天起他就向学校请假,接着就直接转学了。

那个家伙念书和运动都不擅长,也没有朋友,在教室的角落看着灵异照片偷笑,感觉很诡异。

女人的跳跃表示不能踏到那个地方,肯定只是她个人的坚持,所以那里是女人的"自缚灵区"。

隔天我醒来时,女人已经离开了。

昨晚因为很在意那封信,所以一直辗转难眠。

——明天终于要开始了——

开始什么？我打算不睡觉等女人过来问清楚这件事，却在不知不觉中睡着了。

不过女人似乎没有很介意昨天的事情，地上仍放着塑料袋。这让我稍微安心。

可是一往袋子里看，我瞬间倒抽口气。

里头没有坚果。袋子里只放了三瓶水和粉红色的信封。

为什么这次没有综合坚果呢？

水倒是比平时多放了两瓶，要我用水代替坚果忍耐饥饿的意思吗？我果然惹她生气了。因为弄坏了她的手机，所以想惩罚我。

虽然只是一包综合坚果，但失去后才知道那不只支持着体力，也支撑着我的精神。

  竟然哭了，小广真没用。
  对不起，小广会好好反省。
  今天是终于要开始的日子……
  真丢人。哭泣。小广没资格当介助人。
  星期六日我不会过来，所以放了三天份的水。
  请加油。
              小广
  PS 请放心，手机已经修好了。

"这首歌真好听。"

"我也很喜欢哦。"

"你也喜欢啊？仔细听了很久，却不知道是什么歌。"

"你不知道吗？这首歌很有名呢。"

"很有名吗？"

"对啊，真不敢相信你不知道这首歌，哈哈哈。"美加开心地笑着说。

然后我醒了。

原来是梦啊？

不对，我真的听到了歌曲的声音。

那不是梦。声音就在附近。那是我手机的来电铃声，而且那铃声意味着是美加打来的电话。

我站起来四下寻找着，却都找不到手机。

来电铃声断了。

肯定没错，手机就掉在某个地方。我的视线扫视着每一处散乱的破铜烂铁。

此时来电铃声又响了起来。

声音的来处比我被铐起来的地方更往里面，说不定是在那台倾倒的洗衣机后面，但我的手根本伸不到那个位置。

我咬牙切齿地好不甘心，因为美加打电话给我。

我在这里啊！

我伸长着身体，尽可能地接近手机。

那是我最喜欢的歌，在这种状况下听到这首歌更令人心碎。

我流下眼泪。

歌曲停了。

我手撑着跪在地上，额头贴在潮湿的地面。

"在大家面前脱掉健太郎的裤子是我的错，对不起。"

"不只这件事吧！"

铁管往我脸旁挥下去，泥巴溅到眼睛里。

"甚至在女孩子面前把我的内裤都脱掉。你觉得有没有做错？正治！"

"我错了。"

"好好给我道歉。"

"之前脱你内裤，很对不起。"

"再说一遍。"

我下跪认错了好多遍才令他满意，刚来时怒气冲冲的健太郎已经恢复平静。这家伙不愿放过我的唯一理由，就是想欺负比自己弱小的人。

健太郎坐在坏掉的电视机上抽烟，装作大人的样子。但弱不禁风的小屁孩很不适合抽烟。

"也能给我一根吗？"

没想到他很干脆地把万宝路烟盒和一百日元的打火机丢过来。

"你是高中生吧，可以抽烟吗？"

健太郎一副别啰唆的表情，连看都不看我。

久违的烟令人心旷神怡，头脑一阵麻酥酥的感觉。

既然马上就给我烟可见他的心情不错，但我不能开口拜托这家伙拿手机，毕竟这人的手机似乎是被正治欺负时抢走的。如果他知道我的手机就在那里，不可能轻易交给我。

"喂，你打算把我关到什么时候？"

健太郎事不关己地吐着烟。

"你不想放我走也没关系,至少要买食物跟水过来啊。"

"把你监禁在这里的那个怪女人会送过来吧。"他说着,并用铁管将在地上滚动的塑料瓶砸烂。

"现在情况改变了,拜托你。"

健太郎慢慢把脸朝向我,"这样我就帮你买吧,但要给我钱。你有钱吧?"

"当然有。"

健太郎站起来,向我伸手要钱,"快拿出来啊。"

"我不是不相信你,但等你买过来后我再付钱。"

"那至少要让我看看你有钱吧。"

"只给看一下哦。"我假装要从裤子口袋拿出皮夹。

"还是买来再看吧。"健太郎露出邪恶的笑容。

"你其实没钱吧?"

"当然有。"

"那至少让我看看皮夹啊。如果没有皮夹的话,我可不会轻易放过你。"

看到他那得意的表情,我内心浮现一个想法。

"你若把皮夹还给我,就给你看个过瘾。"

健太郎的脸色瞬间大变。

果不其然。这家伙知道我没有皮夹。

"把皮夹还我。"

"为什么我要还你皮夹?"

"因为偷走皮夹的人就是你。"

"你在说什么我听不懂。"

"也就是说,是你把我带来这里的。"

"太瞎扯了。"

"不然你那天为什么来这种地方?"

"那是因为……"

"因为你担心被自己绑架并关在这里的男人。"

"啰唆!"

"你在紧张什么?果然是你把我带到这里的吧?"

健太郎把没抽完的香烟扔向我。

"对啊,是我们把你带来这里的,那又怎样?"

他终于承认了。

"都是你的错,谁叫你啰啰唆唆地对我们训话?"

"训话?"

"没错,我们当时聚在一起,你像刚刚一样上前教训我们一顿'小孩子抽什么烟',你不记得了吧?"

完全没印象。

"所以正治气疯了,要大家把你拖来这里痛扁一顿。你瘫软在地上时,我们以为你要死掉了,所以把你直接丢在那里。可是你又醒过来嚷嚷着说要告诉学校和父母什么的,我们就铐上手铐让你好好反省。"

看着身体上大大小小的瘀青,我早猜到应该是卷入什么纠纷里,但没想到对方竟然就是这个人。

这样的话,那女人又是怎么回事?为什么不放我走?

"所以你才不报警,想靠自己剪掉手铐,好让你们做的事情不被曝光?"

健太郎把脸撇向一边。

"算了,给我听好,现在马上解开手铐,这样我就不会把你们的事说出去。"

"我怎么可能相信你。"

"不就只是绑架而已吗?如果再加上抢劫,被抓到就要送少年感化院了。"

"那又怎样?"

"如果我死了还要加上杀人罪,你的人生就完蛋了。"

"反正我还未成年,没那么严重的。"

"你不知道最近少年相关法令加重了吗?还可能判死刑的。"

"死刑……"

健太郎本想抽出香烟,却因为手在抖让烟掉到了地上。

这个笨蛋想必不会看报纸或新闻。对这家伙与其用挑衅,不如用威胁的方式奏效。

"肯定是死刑。"

"那也无所谓,反正像我这种笨蛋就算从学校毕业也不会有什么了不起的人生。"

"你的声音在发抖哦。"

"烦死了!"

他把铁管举到头上,站在我面前。

"反正既然都是死刑,那现在就杀了你吧。"

我没直接说"那你试试看啊",因为越是这种胆小鬼,一旦豁出去越不知道会干出什么事。

"给我道歉。"

"道什么歉?"

"谁叫你忤逆我。"健太郎的眼神又变了,那是危险的征兆。

"快道歉!"

挥落下来的铁管打到侧沟的水泥上,发出一声闷响。

"你想离开这里吗?"

"废话。"

"那就靠自己的力量逃出去吧。我也一样,就算被正治他们拳打脚踢,也没人来救我。大家都只顾着自己,这世上尽是些自私的人。这把年纪就不要依赖别人,靠自己的力量出去吧。"

"我被手铐铐住不可能逃得出去啊!"

"没这种事,之前那个人就是靠自己逃出去的,加油呗。"

之前那个人?我想起那个手铐,果然之前也有人跟我一样被困在这里。

突然间周围莫名安静了,原来是大楼施工的声音停下来了。可能是工程安排上今天没有施工。

我一整天都呈大字形躺着,满脑子都是吃的。人类似乎只要有水喝,就可以活得很久,但为了果腹喝下去的水又立刻变成汗,从全身上下排出去。因为闷热而加速的新陈代谢,肯定也夺走了我的体力。

我已经连叫的力气都没有了。即便现在有人打开铁门,我也没信心声音能够传到那里。

指尖的疼痛已呈慢性化。刺痛跟心脏的跳动频率一致,连手臂都麻痹了。从第一个关节到指尖的这一段已完全呈土色。

怎么都没人过来呢？就算公司的员工人数很少，好歹也会有大楼管理员吧。

我躲在塑胶布里避开夜里下起的雨。

雨打在布上的声音比打在雨伞时还要吵，但因为塑胶布更大，为了不被雨淋湿我躺在里头，更何况比起坐着，躺着也比较不耗体力。

七点半左右我听到铁门打开的声音，脚步声慢慢靠近。

有什么好笑的吗？女人在微笑，丝毫感觉不到她对我有任何歉疚。

"食物呢？"

我想问这女人的只剩这件事。

这时她表情一变，又跟上次一样开始喃喃自语。

"我在问你食物呢？"

我从塑胶布里爬出来，将女人放下来的塑料袋像是抢一般地拉过来。

只有一瓶水，当然还有那个诡异的信封。

"怎么没有食物啊！你不是要监禁我，那就要救我啊。够了吧，你是想让我饿死吗？这样下去我真的会死，求求你了。"

回过神来，我发现自己正五体投地跪在被雨淋湿的地上央求着。

被健太郎凌虐得这么惨，"跪"这件事在我心中已经没有任何价值了。即使是狗或老鼠，只为了食物都愿意低头乞食。

沾满泥土的脸一抬起来，手机的镜头便朝向我。

女人的表情像个充满好奇心的孩子一样在拍我。在拍跪在泥土上的我。

"如果你不想帮我,至少要给我食物才对啊。我饿扁了。"

女人完全不听我说话,只是一边换位置,一边不停地按着快门。

等到拍够了之后,她才露出灿烂的笑容,将手机收起来,离开这里。

"喂,等等!"

> 周末过得可好?
> 小广周末过得很开心哦。
> 和久违的朋友见面,大家一起吃烤肉。
> 小广最喜欢吃牛五花,所以又发胖了。(笑)
> 可是小广就喜欢吃肉,实在抗拒不了。
> 明明烤肉吃得超饱,却又吃了甜点。
> 甜食也不小心吃太多。(笑)
> 这周要减肥了。
>
> 小广

那女人已经不打算拿食物过来,她想要饿死我。她要记录人类饿死的过程。这封信也是为了打击我的精神吧。

我明白把希望放在健太郎身上也没用。

之前已想过很多遍的法子又在脑中苏醒,难道只剩那个方法了吗?

我看着被铐住的右手。

最后的手段。

若愣愣地待在这里,身体只会逐渐衰弱。如果不趁还有体力的时候这么做，到时就很难靠自己的力量逃脱出去了。

可是我实在无法下定决心。说不定会有人发现我，我仍抱持着这样的想法。

身体在摇晃，是发生地震了吗？而且晃得更剧烈了。

睁开眼，有个男人正蹲在面前看着我。

又产生幻觉了。之前有十几个人来这里救我，但全都是我想象出来的人物而已。

我靠在墙上，眼前的男人敲敲我的脸。

"喂。"

脸颊的确有男人手的触感。

"你没事吧？"男人又敲了敲我的脸。

这次说不定不是梦。

我的背离开墙，想要抱住眼前的男人。左手的确抓到了男人的身体。

是现实，不是幻觉。

"喂，你有点臭哎。"男人在我耳边说。

是真的，是真正的人类。

有救了，终于有救了。

我把脸埋在男人的肩头哭泣着。我借用男人的肩膀，哭了好一会儿。

男人五十多岁，穿着西装，掺着几撮白发的头发整齐地梳在脑后。

不知道这人是做什么的，看到在这种地方被手铐铐住憔悴不堪的我，竟然能够不为所动，态度还很冷静。

这次肯定没问题，他和那女人跟健太郎不一样。

太久了，关在这里实在太久了。

我想道谢，眼泪却又止不住地流下来，害我没办法说话。

"振作一点啊，你是男人吧。"

男人像个绅士默默牵起我的手，让我握住手帕。那手柔软、温柔，仿佛能包容一切。

等到我冷静下来后，绅士不慌不忙地说："你到底在这里做什么啊？"

我将事情的经过全部都告诉了他。

发生在这个现代都市中难以置信的悲剧，以及小广和健太郎他们那种年轻人的病态。

我原本以为听到这些话的绅士会很讶异、愤怒，还会同情我。可是绅士在听我讲述时，偶尔会打个哈欠。

这话题很无聊吗？我可是被关在这里一星期以上了啊。对我来说，不对，对任何人来说都不是司空见惯的经历吧。

难道这人曾去过水深火热的地狱，才会觉得我的话题很无聊吗？会不会是工作繁忙到几天几夜都没睡觉？

重新打量他后，我才发现绅士穿的虽然是高级西装，却皱巴巴的，肩膀上有掉的头皮屑。白衬衫的领口已经脏了，领带也有一些污渍。鼻孔还窜出一根恶心的长鼻毛。

"你会救我吧？"

绅士没有回答，"扑通"一声直接坐在了地上，完全不在乎自己的裤子会弄脏。

"我蹲着腰会痛。不过，你能活到现在真是辛苦了，彼此彼此。"

彼此彼此？

"前几天我就发现你了。"

我有听错吗？不，我没听错。刚刚这人的确说了"前几天就发现了我"。

"从那里。"绅士右手的食指往天空一指。

"从顶楼上。"

"顶楼上？"

"嗯。"

"您在那栋大楼工作吗？"

绅士没有回答。他眼睛一眨也不眨地盯着地上爬行的臭虫。

"啊呀！"他突然大吼一声，一拳打烂那个臭虫，然后又看了一会儿烂掉的尸体，大大的手捂住脸，扑哧一声笑了出来。

有什么好笑的吗？难道说这个人也……有问题？

我好像泄了气的皮球一样感到无力，但仍抱有一丝希望。有可能他是个怪人，但至少都这把年纪了，应该会理解我陷入的窘境，也懂得要帮助我吧。

我偷看着他的脸，他在哭。刚刚还在笑，现在却在呜呜地哭泣。

绅士抬起脸，擤着鼻涕，"我原本想跳楼自杀。"

"跳楼自杀？"

"我以前啊，很瞧不起那些暴露出自身软弱还继续苟活在世的人。想自杀就去自杀啊，人类社会里弱肉强食的法则已经起不了作用，这算是一种新型的自然淘汰。你不认为吗？"

"啊。"

"那样自负的我，竟然会在这把年纪想要了结自己的性命。呜呜。"

绅士又垂下头,压低声音哭了起来。

"可是却死不了。我所瞧不起的那些残兵败将能够做到的事情,我自己却下不了手。所以我几乎每天都爬到这栋大楼的顶楼,公文包里也放了遗书。"绅士为了证明自己不是在说谎,从公文包里拿出几封遗书。

"于是在前几天发现了你,我很好奇你在这种地方做什么。"

我抬头看着大楼楼顶。

"你看到我了啊?"

"嗯,一直在看着你。"

这家伙有病吗?

"既然看到就应该很清楚,我现在坐困愁城,而且什么东西都没吃。你能联络警方吗?还是帮我叫人过来?"

绅士露出讶异的表情,"联络警方要做什么?"

"还能做什么?当然是离开这里啊。"

"你要离开这里?最近的年轻人一遇到挫折就想逃避。为什么不能忍耐呢?以为到别的地方去就会有好事发生,对吧?因为想得很天真所以随随便便就辞职,其他的公司也看得很清楚吧。然而,结果不论去哪里都无法长久地待下去。"

绅士厌烦地摇摇头,"你给我好好记住啊小伙子,不管到哪里情况都一样,这世上没有一个好地方。你知道这是为什么吗?因为这世上没有一件好事。我不会跟你道歉,但你就好好待在这里吧。"

这是什么歪理?

"像这种谎话连篇、腐败的世界,毁灭了最好。"

我对绅士满怀的期望跌到谷底。可是,现在能依赖的只剩这个人。

"这世上虽然有讨厌的事情，但也还有朋友……"

"朋友？你不知道'今天的朋友是明天的敌人'这句话吗？就让我来告诉你，我为何会落得这番田地。公司理事的位子近在眼前，我却突然被贬到分公司去，而且扯后腿的是一直受我疼爱的子弟兵。"

绅士将手里握着的泥巴，用力往墙上丢过去。

"公司有个男人叫上冈，我们同时进入公司，自那以后彼此就一直在竞争。那家伙竟然跟我培养的子弟兵联手搞我。这么多年来我完全没发现这件事，真气自己为什么这么愚蠢！"

这种事除了跟在这种地方被关了一星期的男人说以外，多的是可以抱怨的人吧。

"上冈现在是理事了，取代了我的位置。四之宫则是部长。啊，四之宫就是我培养的一个子弟兵。"

管他上冈还是四之宫，我只想离开。只要能离开这里，要讲多少废话我都洗耳恭听。

于是绅士就一直对着我，滔滔不绝地谩骂着竞争对手上冈与背叛他的部属四之宫。有时声音会突然大起来，有时还流泪，绅士就这样骂了三十多分钟。

我低着头，只能静静等待这个话题结束，总之先别惹他不高兴。

绅士骂完之后，大大呼了口气。

"这样一来就舒坦多了，所谓的心头乌云散去想必就是这种感觉吧。"

他说的没有错，脸上的表情比刚来的时候开朗多了。

"谢谢你，打扰你休息了。"绅士咧嘴一笑，拍拍我肩膀后站起来。

要回去了吗？

"等一下！我想离开这里！"

"你还不懂吗？外面可是地狱啊。"

绅士想要离开，我抓住他的裤管。

"那你再多待一下，有件事想请你帮忙。我的手机掉在那里，请你帮我拿过来。"

"手机？"

"对，我猜是在倒下去的洗衣机旁边，应该是放在黑色的尼龙公文包里。"

"你等等。"于是绅士跑去找手机。

"哈哈哈。"绅士突然笑了起来。

"我找到好东西了。"

"手机呢？"

"别吵，乖乖等着。"

走回来的绅士手拿着被雨淋得快烂掉的色情书刊。

"你真正的目的是这个吧。"

你的心思被我看穿喽，他脸上得意的表情仿佛这么说。

"不是这样的。拜托，请你找手机——"

"好啦好啦，我也是男人，清楚得很。在你这种年龄的时候，每个人都是这样。"他露出淫秽的笑容说。

"求求你。"

"知道了知道了，你就一个人好好地享受吧。"

绅士开心地大笑后，把黄色书刊放到我面前就离开了。

噩梦。这肯定是一场噩梦。

女人离我还有一米远。

我停止呼吸。身体朝上仰躺着,双目圆睁,舌头吐得长长的。

还有五十厘米。

女人发现我不对劲,脸色苍白地跑过来。她的模样很紧张。

她以为我死了。没错,就是你杀死我的。

来,再靠近一点。

女人进到我的行动半径范围内。

她穿的是洋装,手机肯定就在手提包里。

因为我只剩左手能用,再加上没有吃饭体力大幅下降,就算对方是个子娇小的女生,只要奋力抵抗,我可能就会敌不过她。

所以只能在一瞬间决定胜负。

女人从正上方观察我的脸。

趁现在!

我抓住女人的包包想要抢过来。

女人虽出声尖叫,手却没有放开。

"别这样,灵骑士。"

本想来个出其不意,一口气把包包抢过来,没想到女人的反射神经很灵敏。

她嘴里马上又开始咕哝些什么,而且把包包抓得很紧。

包包从两边一扯翻倒了过来,里头的东西也跟着掉出来。

她个子娇小却很有力,我坐在地上更用力地拉着。可是一瞬间我左手指尖感到剧烈疼痛,握不住而放开了包包。

由于我突然放开手,女人跌得一屁股着地,她以这样的姿势看了我一会儿。

变色且烂掉的中指流出渗了血和脓的液体，就算碰它也已经没有任何感觉了。

失败了，我失望地瘫坐在地上。

女人又拿出手机，拍起靠在墙上垂头丧气的我。看到我一动也不动，她转过去背对我，手伸到最长，拍起我和她自己的合照。可能是角度没取好，所以重拍了好几次。似乎终于拍到满意的照片，她喜滋滋地还用跳的方式回去了。

女人这次没有留下塑料袋。发现这件事时，我把塑料瓶里仅存的水都喝完了。

我确定不是她没放，而是一开始就没拿来。往四周看了看，果然没有塑料袋。

看来她终于决定要杀我了。

既然连水都没有，以我现在的身体状况最多只能撑三天了。或许连精神都无法确实地活动，我竟然也没那么震惊。

躺下来时发现眼前掉了一本书，应该是在拉扯包包时掉出来的。估计那女人看的书就是爱情小说或奇幻小说之类的，我连伸手去拿的意思都没有。

饥饿、疲劳，以及刚刚的失败，导致我完全心灰意冷。

我只是茫然地盯着那本书，盯了好一阵子。

那本书非常厚，手工的布书套是粉红色的，上头同样有那只猫咪图案。

创造完美的世界　巴拉教骑士修道会　信徒指南

巴巴拉·足立　著

"这个世界分为天上界和地上界，在天上界，巴拉教神无止境地与恶魔们持续争战。""我们巴拉教骑士修道会的修道士，每天都献上祷告——""修道士不断受到恶魔的诱惑，为了战胜诱惑——"

那是新兴宗教的指南书。指南书里花了将近一百页来说明这个宗教难以理解的世界观。每几页就会出现动画风格的插图，最近文字配动画风的书籍越来越多，想必是考虑到年龄层在十几岁的信徒吧。

怪不得总觉得这女人很怪，原来是信了莫名其妙的宗教啊。

这么说来，我要抢走包包时她似乎说了什么。我努力回想却怎么也想不起来。

书底的附录有专有名词用语集。

"'灵骑士'，就是这个！"

女人的确是对我说——别这样，灵骑士。

"灵骑士。"

为了帮助在天上界与恶魔争战的巴拉教，从地上界派至天上界的骑士总称。拥有永恒的生命。唯有被挑中的人，才能以灵骑士的身份前往天上界。

拥有永恒的生命。天大的笑话！

我何时变成灵骑士了？所以那女人才会以为我光靠一瓶水就能活下去吗？

"选出介助人。"

介助人？这名词好像听过。我拿出女人所写的信,为了准备交给警方而保留了下来。

——再次被选为介助人,深感荣幸——

意思似乎是她是我这个灵骑士的介助人,令人不禁苦笑。

书中有附带"旅居天上界的灵骑士们"说明的照片,大部分都是日本的即身佛,其他的还有埃及木乃伊或安第斯山脉著名的冰冻木乃伊,也是所谓的灵骑士。

根本就是乱七八糟的邪教啊。

——竟然说我是即身佛？

我脊背顿时冒出冷汗。

"介助灵骑士的方法。"

"首先不吃谷类的食物,只靠果实和水的饮食方式来减少身体的脂肪——"

"换成只喝水的饮食方式,洁净消化器官——"

"持续连水都不喝的生活——"

果实。是坚果,怪不得她会给我综合坚果啊。

健太郎一过来就拿出香烟,默默地开始抽烟。他一脸不爽的表情，时不时地咂嘴。反正一会儿又会把我当作正治欺负吧。

"之前你提过以前也带过别人来这里吧？"

每次一开口，我都因为饥饿而头昏眼花。

"嗯，差不多在半年前吧。"

"那人后来怎样了？"

"逃走了啊。他跟你不一样，才不会在那里发牢骚呢。"

"怎么逃走的？"

"剪断手铐的锁头啊，那里不是还留着一只手铐？"

"又没有工具要怎么剪？"

"我哪知道。可能是谁发现了他，替他剪掉的吧。"

"那人现在在哪里？"

"我哪知道啊，可能像你一样缠着路过的家伙不放吧。"

"你最后见到他是什么时候？"

"不记得了，你问这些干什么？"

"你挖挖看那个插着竹棒的地方。"

他一脸不耐烦地转头看向插在"自缚灵区"的那根竹棒。

"那是什么啊？"

"在那下面。"

"谁在那下面？"

"你们以前带来的那个人。"

听到我的话，健太郎脸一皱。

"你在说什么啊？"

"如果不相信，你抽出那根竹棒看看。"

健太郎叼着烟，拖着步子来到竹棒旁。就算是弱小的他也能轻易抽出竹棒。

"你看看洞里头吧。"

他听从地往插着竹棒的洞里看去。

"什么都看不到啊。"

我记得曾在电视上看过以前变成即身佛的僧侣,他们在仍存活之际被埋起来,在土里头读经,不吃不喝地死去。为了保持呼吸畅通而使用竹筒来呼吸。

"你往那里挖挖看吧。"

他咂嘴抱怨:"为什么要我挖?"却仍然很在意那个洞。听到逃走的男人被埋在那里,想来还是会很不安。

"你在害怕吗?"

"说笑,我哪会害怕。"

健太郎把香烟一扔,从破铜烂铁堆中找出铁杯后挖凿起洞的四周。

"这里只是埋着块木板。"

"在那个下面,把木板移开。"

健太郎有些犹豫。

"怎么了?你果然很害怕吧?"

"开什么玩笑。"

他臭着脸,将木板周围的泥土拨开。

健太郎手搭在木板上,却以这样的姿势静止不动。察觉到我在看他后,才终于把木板抬高到一半。他往里头看的那一瞬间尖叫出来,当场瘫软地跌坐下来。健太郎用求救似的表情看了我一眼,立刻拿起他的东西站起来。

"我什么都不知道,全都是正治害的。"简直是快要哭出来的表情。

"这是杀人事件啊。快去报警,我会跟警方解释清楚,不会让你们的事被发现的。"

"骗人。"

"是真的。再这么下去,你们也会变成共犯的!"

"我什么都不知道。"

"你心知肚明是怎么回事,所以快去报警,之后的事我来想办法。"

健太郎一边咬着指甲,一边慌慌张张地来回踱步。

"健太郎,你仔细想想,人可是死掉了。"

"我知道了啊。"

"快去报警吧。"

"吵死人了!"含着泪大叫后,健太郎往铁门的方向冲了出去。

"等一下!"

这个混账。都死人了还这么没用。

——再次被选为介助人,深感荣幸——

第二次……

第一个人是埋在这里的那位,第二个人则是……

不到三十分钟,健太郎就回来了。

果然还是会担心吧。这个胆小的小屁孩,没胆子对尸体置之不理。

他的脸上全都是汗,衬衫也湿漉漉地贴在身体上。

"你没打算报警吗?"

他没回答我的问题,手里拿着刚刚挖土用的铁杯全神贯注地将洞埋起来。

这家伙该不会?

健太郎将洞埋起来,把土弄平整后再把竹棒插了上去。

"去报警啊!"

"别开玩笑了,我可不想被判死刑啊!你可别乱说话啊,这件事跟我一点关系都没有,是正治他们做的。"

"听我说,健太郎。如果下手的是正治,他若被警察逮捕就会被判死刑,霸凌你的人不就被绳之以法了吗?"

"正治不在,就轮到隆二变老大,事情不会有任何改变的。"健太郎简直快要哭出来似的怒吼完,便连滚带爬地逃开了。

我怎么会天真到以为只要发现尸体,那个笨蛋就会报警。我用死刑作为最后的赌注来要挟他,显然是奏效过头了。笨蛋也许不是他,而是我。

想要自杀的绅士活下来了,但表情如死人般面如死灰。他无精打采地来到我面前,又有气无力地蹲下来。

"精神不错嘛。"

"仔细听我说,那边有具尸体。"我对绅士说,"快去报警,有人被害死了。"

"被害死?那不是很好吗?我由衷地祝福他,毕竟终于能跟这个世界永别了。"

"或许你是这么想,可是——"

"人总有一天会死,死掉的人才是幸福的。"他的眼神空虚,声音无力。

"你听好,不需要留恋这个世界。我跟你说过为什么我一心想死了吧?眼睁睁地看着理事的位子给人抢走,因为我培养的子弟兵四之宫和我的竞争对手上冈联手——"

绅士又在重提旧事。他跟之前一样,越说越激昂,这次对着我滔滔不绝地说了将近一个小时。

说完之后,绅士跟之前一样大大呼了口气,盘腿坐在地上。刚来的时候绅士混浊的眼神里,现在充满生气。

"真受不了,这个世界已经变得不通情理了,你不这么认为吗?"

"拜托,请听我说句话。"

"好吧,我也会当个好听众的。"

"请你叫人过来。"

"你寂寞吗?不是有我吗?"

"问题不是这个,是有尸体啊!"

绅士似乎深有同感,"没错,这世上的家伙眼神个个像死人一样。"他拍拍我的肩说。

"我不是这意思!真的有尸体埋在那里,我也会被杀掉的。"

"我也是,就像被公司杀掉一样,不是只有你。"

"给我好好听清楚——"

"好了,我要走了。"他站起来,拍掉裤子上的尘土。

"请等等。"我抓着绅士,"拜托你,去之前的地方帮我拿手机过来。"

"啊,对了,忘了那件事。"

说完,他便在洗衣机的后面翻找手机。

"啊,找到了。就是这个吧。"

绅士走回来，右手握着手机。没错，那正是我的手机。

"谢谢你。"

我伸出手。

不知道在想什么，绅士一直盯着我的左手。

快把手机给我啊。

"离别时的握手吗？"

这是什么意思？你在说什么啊？

绅士把手机像垃圾一样扔掉，然后两手在裤子上擦干净。

"你虽然年轻却很有骨气，真希望能早点认识你。"绅士的双眼突然流下泪水。

"手机……"

"在人生的末尾遇见你真太好了，这也算是神安排的命运吧。"

绅士双手紧握着我的左手，上下摇晃着。

"再见了。"

绅士准备回去了。

"请等一下！"

"谢谢，你阻止也没用，我已经厌倦这个世界了。"

"我不是要阻止你，把手机——"

"你还很年轻，不要为了一点小事想太多。别像我这样，要活得长长久久哦。再见了。"

"等一下！"

绅士头也不回地离开了。

手机虽然掉在地上，却是在我的手够不到的地方。

完了。

介助人

协助修行者成为灵骑士的帮助者的称谓。

介助人心得

一、修行者会突然出现在你面前（称之为降临），这代表你被选为了介助人。被选中的介助人，必须诚心诚意地侍奉修行者，帮助他成为优秀的灵骑士。

修行者降临没有特定的场所，但从之前的例子来看，大多是巴拉教指数高的地点，且是在星期五降临。

身为虔诚信徒的你，平时就要定期巡视巴拉教指数高的地方，修行者降临时才能立即给予帮助，这一点请铭记于心。

我躺在地上，醒了又睡睡了又醒。

我听到脚步声，睁开一只眼睛，光这动作应该就消耗了不少热量。

女人站在我面前拍照。

"我不是灵骑士，我没闲工夫去信你那个无聊的宗教，现在就马上放开我。"

腹部已经无法用力了。

女人跟平常一样开始喃喃自语。

"我知道，你是想把我变成木乃伊吧。"我只能发出微弱的声音。

女人从包包里拿出粉红色的信封，放在我的脸旁。

"那里还埋着一个人吧，我知道是你干的。你这个杀人犯，你杀人了！"

终于快到旅行的日子了。

小广也有一点紧张。

小广坚信灵骑士一定能击退恶魔，净化这个世界的。

小广会替你加油的！

小广

介助者心得

二、修行者也有可能在苦行之中受恶魔附身。

你身为聪明的介助人，绝对不能听从修行者的话，那不是修行者而是恶魔说的话。

如果你听到修行者说"我不是修行者"，或要求你"给我吃的和喝的"，那表示恶魔在试探你。这时要吟唱巴拉教使徒信条第五章六至七节的经文，来击退恶魔的话语。

即便修行者受到恶魔附身，也只在表面而已。你所吟唱的巴拉教使徒信条能够确实地传送到修行者的内心里。

三、和修行者每次的联络都必须使用文字，这是因为恶魔看不懂文字。绝不能靠谈话来沟通，因为你说话的对象是个被附身的恶魔。

跟这个女人是讲不通的。不对，不只是她，健太郎和绅士也都一样讲不通。

决定了。我要使出最后的手段，只剩这条路了。

我撑起上半身。两只脚没有力气。我用左手抓起当初敲打墙壁用的水泥块，高高举起。

水泥块有那么重吗？

只有一次，一次定胜负。

用这个敲碎右手的骨头，挣脱手铐。挣脱这个手铐后就爬到外面去。

我闭上眼，屏住呼吸，把水泥块向右手用力砸下去。

我忍不住厉声尖叫，一瞬间失去意识，却又张开眼睛。

右手整个涨红。我想把扭曲得很奇怪的右手从手铐中抽出来，但却抽不出来，为什么？

几根断掉的手指从皮肤窜出来，勾到了手铐。

不会吧。

我勉强硬要拔出来，骨头扯裂了皮肤。尖叫。

意识逐渐远去。

分不清梦还是现实。

有人在身边。

"救我。"喉咙灼热得不得了，发不出声音来。

"我要水。"眼神逐渐聚焦。

是那女人。她在做什么？

她在挖洞。

是为了我在挖井吗？

女人为了我正在挖井。

金属与金属摩擦发出刺耳的声音，犹如用指甲搔着耳膜一样，女人想要裁断手铐。

她使用的是铁锯，比健太郎聪明多了。也对，毕竟这家伙是第二次干这种事。

我仰躺着,脸面向女人,目不转睛地看着铁锯来来回回。

右手全都是血。怎么会这样,想不起来了。

锁被切断的那一瞬间,女人的眼睛一亮。

用过大的工作手套擦拭额头的汗时,女人的脸显得很神圣。

"小广,加油。小广,加油。"

耳边听见女人的声音。

她从后面抱着我,我被拖行着。脚跟刮着地面,刮出两条沟。

蓦地从我腋下冒出来的女人手指白皙纤细,跟我那化脓变色又腐烂的手指比起来,实在差太多了。

这时,手机铃声响起来,是美加的来电铃声。她正打给我。

我不禁配合旋律哼起歌来。

天空蔚蓝。

大楼的楼顶上有什么在晃动。

是绅士。

绅士正在看向这里。

鼻

中央公园一片混乱嘈杂。

全身穿着黑衣黑裤的队员们在装甲车周围跑来跑去。公园里冒出火焰，尖叫声与咒骂声不绝于耳。

原本围在四周看热闹的那些人，开始捂住眼睛移动，因为这里在喷催泪瓦斯。

树丛里突然跑出一个脸上缠着毛巾、全身脏兮兮的男人。男人一边发狂地吼叫着，一边用铁管殴打特务队员。喊叫声、警笛声接连响起，几名特务队员跟着跑过来，压制住男人后再用警棒一阵棍棒齐飞。

看热闹的那些人跟着欢呼叫好，其中一名队员硬把男人脸上的毛巾扯下来后，用警棒朝那张裸露出的脸敲下去。敲击声之大连我的位置都听得见，男人捂着鼻子蹲下去，鲜血从指缝间滴落下来。

包围着他的队员们开始用战斗靴使劲踹向这个无力抵抗的男人。围观群众中有些人不忍地别开眼，但大部分的人都抱着看好戏的心情，目不转睛地盯着这残忍的暴力场面。男人被打得全身瘫软倒在地上后，特务队员从两边抬起他，把他拖到护送车里。

警察虽用广播呼吁民众"请勿驻足停留"，但附近好事的围观人士却越来越多。几辆窗户上装着铁网的巴士开过来分离了那些群众，进到公园的停车场。

不久后，一列排好的队伍从公园里走了出来。那些人全都穿着破烂的衣服，甚至有人连鞋子都没穿。他们各自抱着自己的行囊，拖着沉重的脚步往巴士的方向前进。队伍里头也有小孩子。

催泪瓦斯的刺鼻味里，混杂着这群人身上发出的酸臭味。

"哇，好臭啊！"附近的年轻人手掩着鼻子说。

那些特务队员站在队伍的左右两边，而排成队伍行进的团体中每个人头上都罩着白色的套子，这是为了他们的脸不被人看见吧。

"戴那种套子根本没用啊，反正他们都是天狗。"站在我旁边的中年男人不屑地说。

"喂，你别乱说啊。"

站在旁边的女人可能是男人的妻子，她看了下周遭的视线再用手肘戳他。

"干什么戳我，我又没说错，这公园就是天狗的巢穴啊。"

"不要一直天狗天狗的，太大声了。"

"有什么不能说的？天狗就是天狗啊。喂，各位特务队员请加油，扫除天狗的任务就交给你们了！"

所谓的"天狗"是种歧视性用语，政府当局已呼吁民众谨慎使用，但遵守规定的人并不多。

在马路的对面，拿着"废除歧视，特务队、警察要维护人权"标语牌的团体，和嚷嚷着"天狗滚出去"的民族主义团体，开始发生小摩擦。

"那种人哪有什么人权，既没缴税，还自顾自地住在这里。"

"天狗全都是废物！特务队，别对那些人手下留情啊！"

"杀光他们！"

群众纷纷传来咒骂声。

"那个小鬼穿的衣服挺干净，一定是从哪里偷来的吧。"

站在旁边的男人声音传进耳里。

于是我往男人的视线方向一看，不禁倒抽口凉气。

那个孩子以及牵着孩子的手像是母亲的女人，排在队伍里头。她们两人也都套着头套，所以看不到脸，但我认得孩子身上穿的粉红色运动服。

回过神来时，我发现自己已穿过那些围观的人群来到了最前面。由于特务队员阻止我再继续往前走，所以无法靠近队伍。

"喂！"我发出连自己都很讶异的喊叫声，同时向那对母女挥挥手。然而周遭的嘈杂声掩盖了我的声音，我再次扯着喉咙大喊，但声音似乎仍旧传不过去，那对母女并没有往这边看。

坐进巴士之前，那孩子发现了我。

小女孩向我轻轻挥挥手，她母亲也看向我这边。没错，就是那对母女！我拼了命地摇着手，但两人却因特务队员的催促而消失在巴士里。

在一群穿着脏衣服的人里头，小女孩那鲜艳的粉红色运动服，仿佛是掉落在泥泞中的樱花花瓣一样。

我的视线一直追随着巴士，直到它消失。

我第一次见到那对母女大约是在半个月前。

食粮配给所前大排长龙的队伍中，这两人就在里面。

我偶然间瞄到那女人，她的脸吸引了我的视线，当场愣在那里好一会儿。

女人因为好几天没洗头，头发粘成一块块，衣服也都脏到看不出原来的颜色，还散发着一股臭味。

"请问……"我走向女人说，但她连看都不看我，紧张地将小女孩拉向自己。

于是我绕到她前面，仔细端详着女人的脸。

长得好像。她长得好像我的亡妻朋美。

朋美当然不会全身脏兮兮的，但长相几乎可以说是一模一样。

女人似乎觉得自己肮脏的模样很丢脸，把脸别了过去，旁边的小女孩露出好奇的表情抬头看着我。小女孩同样衣着寒酸，脚上只缠着布来代替鞋子。

小女孩一和我对上眼，便伸出手向我要东西。

我从口袋里翻出几块零钱让那小手握着。小女孩开心地笑了起来，宝贝地看着我给她的硬币。

我拿出钱包，也让她母亲的手握着纸钞。排在后面的男人死盯着女人的手，似乎也很想要。

我给了女人名片，但她似乎怀疑我的企图，没有收下。

最后我几乎是强迫地将名片硬塞进她的外套口袋里。

"如果遇到什么麻烦就与我联系。"

我也不知道自己为什么会这么做。那女人并不是朋美，朋美已经死了，但某种超越理性的东西驱使着我。

走了几步后回头，那女人也在看我。

那日之后过了四五天左右，一个强风暴雨的夜晚。

我醒了过来，感觉到似乎有人在敲门。狂风摇动着庭院里的树木，大雨则敲打着窗户。我想会不会是听错，便在床上竖起耳朵仔细听，的确是有人在敲门，会是急诊的病患吗？

我下了床，站在后门前。

"哪位？"

没人回应。

"若有事找我，请走正门。"

门外面感觉有人在动，脚步声离开了后门，于是我绕到诊所门口，从玻璃窗窥视外头的状况，看到有两个黑影伫立在黑暗之中。

我将看板上的灯打开，出现在灯光下的是跟朋美长得很像的女人和小女孩。

于是我马上开门请她们进来。

两人的脸色都很苍白，身体颤抖着，雨水从衣摆上滴下来。

我将手边的毛巾递给她们并打开暖气。

"很快就会暖和了。"

我在厨房热好牛奶，将牛奶和摆着饼干的盘子放到两人面前。

小女孩看了看杯子再看看我。看到我点头后，视线移到母亲脸上，似乎在取得她的同意。女人露出无力的笑容回应她。

女孩的小手拿起马克杯，咕咚咕咚地喝着牛奶。小女孩一边喝牛奶一边喜滋滋地看着我。女人没有动手，只是默默地低着头。

我递给那女人浴巾，但她可能是介意自己身体很脏没有收下。于是我将一条浴巾放在女人面前，另一条则挂在小女孩的肩膀上。

"她是你的孩子？"

女人点点头。

"外面很冷吧，把身体擦干比较好。"

女人仍然在发抖,但她只是满脸愁容地站着不动。小女孩喝完牛奶后,露出天真的笑容,不知是要道谢还是想再喝一杯,她把喝完的马克杯杯底朝向我。

"还想喝吗?"听我这么一问,女人马上将自己的牛奶分给小女孩。

"怎么了?你们遇到了什么困难吗?"

女人抬起头,这才第一次直视我的眼睛。我越看越觉得她跟朋美长得极为相似。

她手里握着我给的名片。

"我看了这个,您是医生吗?"她的声音微弱到几乎听不见。

"是的。"

她又低下头,沉默半响。

小女孩似乎很饿,饼干塞得嘴巴鼓鼓的,一下子看看我一下子看着她的母亲。

"你哪里不舒服吗?"

"希望医生您能动手术。"

"动什么手术?"

"变得像医生你们这样……"

女人似乎从我的表情领悟到自己的愿望不会达成,即便如此她仍抱着一丝希望,接着说:"钱的话,我之后一定会把钱付清的……"

我叹了口气:"关于这种手术啊——"

"只替这孩子动手术就好,只要她就好。"她泪眼婆婆地央求说。

"不是钱的问题,而是这手术是被禁止的。的确有些没有执照的医生会做这种手术,但我无法动手术。"我把手搭在女人的肩膀上说。

女人的眼眶滴落豆大的泪珠。

"这孩子的父亲呢？"

"过世了。"

"你们有住的地方吗？"

她摇摇头。

"那你们现在住在哪里？"

"站北。"

那是在车站的北面，无家可归的人不用得到许可就能够住在那里的贫民窟。

"你可以去特别区，为了这孩子，那里也比较适合你们。"

"去那里会被杀掉的。"

"不会有这种事的。虽然你们之间流传着这样的谣言，但那完全是恶意的造谣，特别区不是那种地方。无论在居住还是在工作上都有保障，医疗方面也没问题。虽然称不上能住得多舒服，但至少会比现在过得比较像人的生活。"

女人跪下来，额头贴在地板上恳求。

"求求您，只要替这孩子动手术就好。"

女人开始放声大哭。孩子纳闷地看着自己的母亲。

"你别这样，快起来吧，我们可以想想其他方法啊。"

女人两手捂着脸，呜咽哭泣着。

"我准备好热水了，你们全身都湿透了，洗个澡暖和暖和身体吧。"

浴室传来水流的声音，也传来孩子的笑声。

我坐在厨房的椅子上，不知不觉间竟然也哭了。

小女孩天真无邪的声音勾起我的回忆，那是人生中最幸福的时候。当时这个家仍充满了欢笑声，和乐融融的好幸福。

如今人事全非，无论是我的家庭、这个世界，连我自己都全变了样。恍如隔世般的状况，甚至让我怀疑幸福的日子是不是曾经存在过。

我为她们母女俩拿出朋美和里香的衣服。

这七年以来，仿佛她们一直都还待在这个家里一样，一到衣服换季的季节，我就会拿出装衣服的箱子，更换衣橱里的衣物，也会将从未穿过的女装外套拿去洗衣店洗。如果跟别人说，对方一定会觉得我是个笨蛋，但我就是无法不这么做。失去她们两人时，我已经放弃了未来。没想到朋美、里香和我三个人所创造的回忆，竟然会如此沉重。

我尽量选了保暖的衣服放在更衣处，波士顿包里则放入替换用的衣物。

浴室的门打开了。

"那里的衣服你们拿去穿吧。"我对着浴室说。

"谢谢。"女人回应道。

雨已经停了，但离破晓还有一段时间。

"你们就好好在这里休息吧。"我转过身，却刹那间语塞。

因为朋美带着里香站在眼前。

看到我一直盯着自己，朋美害羞地低下头。

"衣服样式可能很旧了……"

女人摇摇头。

玻璃窗上照出自己的身影，我心想，真的是老了。当初看到她们两人时，总觉得周遭的时间都停止不动，只有自己的时间往前跑一样，内心感到很郁闷。

小女孩似乎很喜欢那件有卡通图案的运动服，她对着镜子摆出各种姿势。

"几件换洗衣物已经放在包包里，你可以拿走。"

女人深深低下头，眼中又开始闪起泪光。

我毫不犹豫地将一直珍藏的朋美和里香的遗物送给那对母女。不知怎的，觉得送给她们很理所当然。

"还有这个。"

我把放了现金的信封拿到女人面前。

"最近似乎很难租到房子，但应该仍有你们租得到的公寓。那个贫民窟不是人住的地方，马上离开那里比较好。不过你得答应我，别想用这笔钱来动手术。我听到太多没有执照的整形外科医生诓骗钱，或由技术不佳的人动手术而出意外的例子。"

女人点头答应。

"房子找到后就去求职吧。如果实在找不到就来我这儿，说不定我能帮帮你们。"

或许我这句话不是对女人，而是对朋美说的。

小女孩在毛毯上蜷成一团睡着了。

一直敲着窗户的狂风，也在不知不觉间停了下来。

我不由自主地把女人拉过来，女人完全没有抵抗。女人的头发散发出洗发水的香味，我双臂用力地抱紧她，把头埋在女人的脖子上低声哭泣。

"朋美。"

朋美的身材虽然也很瘦，但女人却更加瘦弱。她的身体诉说着在这样的时代里，养育女儿有多么艰辛。

我用力地抱住她，仿佛试图抓住即将逃走的记忆一样。她的嘴唇和胸部，对我而言就是朋美。

窗户射进来的阳光拂过我的脸。睁开眼睛时，她们两人已经离开了。桌上放的两个马克杯，道出昨晚的事并非一场梦。

便利商店的杂志区，站在老子旁边的上班族。他的鼻子频频发出簌簌的声音，嗅着周遭的气味。

他是犬人。

三十岁，西装、领带、眼镜、鞋子、公文包，每一样都很讲究，高档货。

犬人走出便利商店，老子跟在犬人身后。

犬人穿过商店街来到住宅区。他拿出手机，开始边走边用手机。光线只有房子的室外灯，大家在沉睡中。前面没人，后面没人，左右也没人，上面呢？上面的月亮会支援老子。

老子慢慢靠近犬人。专心玩手机的犬人。老子从身后拍打他的肩膀，犬人一回头，就朝鼻子重重给他一拳。

无声无息。膝盖跪在地上的犬人。老子右脚再往他左腹一踢。

发出"唔"的闷哼声，犬人滚在柏油路上。鼻子开始流血，眼镜不知飞到哪里。

下一秒老子的左脚往他心窝一踹。犬人抱着肚子蹲着。稍做休息。犬人嘴里不知吐出了什么。真脏。

老子看了下四周，没有半个人。

老子拉起犬人。他已经意识不清楚了。这次老子用力赏他一巴掌。

犬人飞了出去。

该结束了。老子再把他给拉起来。摇摇晃晃的，振作一点啊，犬人。啊，犬人没办法用两只脚站立。老子真狠。

往鼻子上再揍一拳，犬人再度倒了下去。

看看四周。没有半个人。

犬人西装内侧的口袋掉出皮夹。老子把手伸过去。

喂，你在干什么。老子看了看里头，有四张福泽谕吉[①]。喂，住手。老子把福泽谕吉收进口袋里。你在干什么？

老子把皮夹扔向犬人。犬人汪汪咆哮着。都还你了，还不道谢。

再见。

隔天早上的会议。老子最讨厌的时间。

搭档是个讨人厌的家伙，他不喜欢老子，正假装专心地做记录。

会议完毕后，搭档把地图拿到老子面前。

"我们分头进行吧，我今天负责这里，那边的地区就拜托你了。"

搭档在地图上画线。老子微笑着表示同意。

搭档不知跑去哪里不见了。混账东西。搭档不想跟老子走在一块儿，是因为老子很臭吗？因为老子很臭所以受不了吗？

---

① 日本万元钞纸币上的人物。

老子今天也一间一间去问讯，今天也要走到鞋底磨平。

叮咚。

大婶在说话。在老子面前像机关枪一样噼里啪啦说个不停。

平日的中午。在家里的只有闲着没事的老年人。大婶说着不着边际的事情。老子一边点头一边记录。

主妇们围了过来。孩子们在周围吵吵闹闹。

老子拿出警察手册。主妇们面面相觑。

第一次见到刑警，正在拿老子跟连续剧上的演员做比较。

年轻的主妇讲了很多事情。孩子们缠在脚边胡闹，吵死了，真是讨厌的小鬼。但老子仍面带微笑。

弟弟多大了呀？用小孩子口气说话的老子。

"好可怕啊，不能让小孩到外面去了。"主妇说。

你的脸才可怕。

滚去那边，臭小鬼。

大叔在说话。老子洗耳恭听，面带微笑记录着。话题又开始扯远了。大叔说是政治的错，说是官僚的错，说是年轻人的错。大叔生气了。叹气说以前不是这样子的。

老子点点头。莫名认同这句话的老子。

肥胖的大婶在说话。

"有没有发现什么可疑人物啊？"胖大婶咧嘴一笑。胖大婶发现很多事。

大婶压低声音。

"刑警先生，就是那个事件吧？有两个女孩子失踪的事件。"

没错，就是那个事件。

"果然是那种人干的吧？叫作萝莉控的？那种变态实在好可怕啊。"

老子没叫你推理。

"关于附近的事情啊。"

大婶握着有力的情报。老子仔细听。

"隔壁的太太有外遇。"

"在可燃垃圾里丢空罐头的是转角那家。"

"那家的丈夫似乎得了癌症。"

"那家的女儿每天都很晚归，肯定在做色情行业。"

老子一边笑一边把话题转回来。

大婶讨厌的人家全都有问题，全都是可疑人物。

老子对协助警方的市民表达谢意。

可别随便乱说话啊。老子的嘴巴。

年轻小伙子在老子面前发抖。

你人在哪里？

"突然这么问，我也不知道。"

年轻人假装在思考，时不时地偷瞄老子。

这家伙有前科。专门学校的学生，二十二岁。未成年的时候拿着相机混进住宅区偷拍。萝莉控人渣。

萝莉控这种人死性不改。

"我想应该是去学校的时候……"

案件是发生在星期日，萝莉控。

"和朋友……"

朋友的名字呢？老子会去跟本人确认的，萝莉控。

"刑警先生，你会跟朋友说我以前的事吗？"

老子笑着摇摇头。哪有以前，才三年前的事啊，萝莉控。

萝莉控眼神不安地看着老子。

老子露出笑容。拍拍萝莉控的肩膀，摇摇头。

放心吧。老子只会在留言板上打上你现在的住址和真实姓名而已。

"刑警先生是在调查那件事吗？"

对。

犯人肯定就是像你这样的萝莉控。

一整天的问讯终于结束。老子在搜查会议召开前和搭档会合。

"有没有收获？"

老子默不作声地摇摇头。

"我也是。"

搭档是本厅搜查一课的人，老子是辖区警视厅的人。搭档三十几。老子四十二，犯太岁的年龄。搭档对老子三缄其口，老子也就什么都不跟他说。

搜查本部。晚间九点。

署长、课长、管理官，大家一团和气地坐在一起。像和服娃娃一样地排排坐。

大家都一脸苦涩。他们不开心的时候，老子最开心。

媒体大肆报道，舆论沸沸扬扬，所以本厅也很着急，警察厅也很紧张，还增加了搜查人员。我们被惹得火冒三丈，却抓不到凶手，也没有任何线索。

本厅一课的人在角落窃窃私语，他们在独自交换情报。察觉到我的视线便停止了交谈。

无聊透顶的搜查会议终于结束。已经过了凌晨一点。老子不住在署里，不住在那种臭气冲天的武术场里。在那么臭的被褥里老子睡不着。连身体都会沾到臭味。

无可奈何只好打车回家。

下车后用走的。裤腰穿得很低露出股沟的笨蛋从前面走过来，笨蛋正在遛狗。擦身而过时，狗簌簌地嗅着老子屁股的味道。

老子的屁股很臭吗？

老子姑且站着不动，仔细观察那只狗。那只笨狗并没有闻其他路人的屁股。

为什么只闻老子的屁股？

老子大便时，会使用携带型的洗净便座。

穿着裤子时不会放屁。

如果不小心放屁，就会换上备用的裤子。

即使如此老子的屁股还是很臭吗？

老子对准遛狗的年轻人揍下去。

下一秒年轻人已经痛得在地上打滚，抱着肚子嗷嗷叫。老子抓着对方的头发，比赛看看是柏油路比较硬还是鼻子比较硬。咔啦。柏油路赢了。

年轻人，管好你的笨狗。

笨狗默默地看着年轻人被打，果然是只大笨狗。

老子从裤子抽出挂着锁链的皮夹，里头只有两张野口英世[①]。

连打车钱都不够。但也没办法，老子很尊敬野口英世。

洗衣费倒是够用。老子每天都得将西装拿去洗衣店洗。即使穿一次也送洗，连白衬衫也一样，所以需要钱。

袜子一天换两次，包包里也放了备用的袜子。

不可能会臭。

自从那次深夜里突然造访诊所后，我就一直很在意那对母女的事。每次外出就下意识地前往车站北面阔达十个区域的贫民窟方向。

他们大部分都住在这里。除了一部分不畏惧危险治安与恶劣环境的志愿工作者外，我们是不可能踏进这个地方的。

我也没有勇气进到里头，所以每次都只在入口处闸门前面的广场徘徊，或是坐在这里的长凳上发呆。看到在广场上跟小女孩同龄的孩子在玩耍时，就会仔细看是不是那个小女孩，发现不是她后就会松口气，但又有点失望，心里真是五味杂陈。她们已经不在这个贫民窟了。虽然这么想，每次出门我还是会绕来站在这里。

这一天，我同样坐在广场的长凳上打发时间。

"可以坐旁边吗？"一个大块头男人不知何时站在旁边。

"请。"

男人穿着西装，右手拿着公文包，打扮得很体面，一看就知道不是住在贫民窟的人。

---

① 日本千元钞纸币上的人物。

"你经常来这里呢。"

我不禁看向这男人,对方也目不转睛地看着我。男人的眼神很锐利,结实的嘴巴下方有个大伤疤,应该是个军人吧。

"我可不是在监视你哦。"他用跟体格相称的粗犷笑声笑着说,"因为我几乎每天都会经过这里。上星期的时候偶然看到你,然后就发现老是能在这里看到你。"

"因为我们很难得会出现在这里吧。"

"会在这附近徘徊的,的确只有我们这种贫穷的天狗。"

"我不是这个意思……"

"那么是什么意思呢?刚刚是你自己说了'我们'。"

男人虽然是笑着,眼睛却没有笑。

看来他这人对这种问题很敏感。那么他就不是军人,有可能是人权分子或是宗教家,无论如何他都不会是普通的上班族。

"我是做这一行的。"

男人似乎读到我的心思,递出名片说。

"人类进步协会法人代表日比野。"

"我们主要的工作是救济贫困者,也在贫民窟进行免费的医疗活动。对象当然是不分'我们'或'你们'的。"

最后一句男人故意说得很用力。

他果然以为我是歧视主义者。

"我是医生。"

"原来如此。"

"我经营小诊所。"

"因为这里也有用便宜的价格贩卖自己脏器的天狗吧。"

听到这句话，我怒瞪着日比野。"我不是为了这原因来这里的！"

"我的意思只是也有这样的人。"日比野丝毫不在意惹恼了我。

"像我这样没有任何目的坐在这种地方的人，我也知道很可疑。"

"我没有觉得你可疑。"

"我很担心一对母女。"

"她们是这个贫民窟的人？"

我点头肯定。

"方便的话能说给我听听吗？"

"你对这里的状况很了解吗？"

"我算是每天都会过来这里吧。"

虽然有点犹豫，但我仍告诉了日比野关于那对母女的事。

"从那天起我就一直很担心她们，若已经离开贫民窟倒也好。"

"所以你才每天都来这里吗？"

"嗯。"

"我们现在之所以连个破房子都很难租到并不是因为钱的问题。虽然租屋广告上禁止规定这一条，但房屋中介其实全都是'谢绝天狗'的。那对母女虽然拿着你的钱，但有没有离开贫民窟就很难说了。"

"嗯，我明白。所以若还在这里的话，我很想替她们做些什么。"

"贫民窟的人很多，我也不敢跟你保证能找得到，就先替你打听看看吧。"

虽然跟日比野才初次见面，但从落落大方的言谈来看，直觉告诉我这人足以信任。

之后和日比野聊了很多，我已经许久没和患者以外的人说话了。

分别之际，我给了他一张名片。

"什么事情都好，一知道她们的消息请务必与我联络。"

日比野默默点头答允。

大婶的情报。

"有个男人很可疑哦。"

老子装作有兴趣的样子，但其实已经听腻那些大婶的假消息。

"就是几年前犯下案子的男人啊，虽然一直没看到人，但前一阵子我碰到他了，晚上走路时碰到的。他个头很大，还戴着口罩，就在那条路上。虽然已经中年发福，但肯定就是他没有错。"

干得好啊大婶，老子就是在等这消息。戴着口罩的变态在深夜里徘徊。再多讲一些吧。

"那男人犯下的是伤害事件，被害者是自己的女儿。"

别开玩笑了，臭老太婆。虐待儿童，这种常有的事，去跟儿童福利中心说吧。

老子要找的是萝莉控，就是恶心变态的恋童癖啊！老子内心暗忖却继续做记录。一边听一边跟着点头，这么做大婶就会越说越起劲。

"那个人的家就在前面，很大一栋哦。还有两栋公寓，有钱得很呢。"

大婶不愧是这附近的中央情报局，但那些事不重要。

"那家的媳妇因为那个事件，带着孩子逃走了。毕竟那婆婆很强势，所以发生了很多不为人知的事情吧。"

已经够了。

"我说的婆婆就是那男人的母亲,这附近如果有人提到强势的婆婆,就是指那个人。"

你也半斤八两吧。

"那男人小时候也遇过这种事,就是叫作随机杀人魔的吧,他被那种人伤害过。"

那是几百年前的事啦,大婶,有完没完啊你。

我要知道的是萝莉控的事,拐骗小孩子的那种变态的情报啊。

可是大婶却得意扬扬地说个不停。

"那个随机杀人事件很可怕哦,是在男人小时候发生的。"

大婶说的是随机杀人事件。

老子脑中的红灯开始旋转,警报器响起。

喔咿喔咿。

老子向大婶道谢。

"喂,你会去那家看看吧,知道些什么要跟我说哦。"

老子笑着敷衍她,你已经没用了。

老子去口罩男的家。

婆婆出来开门。她就是传闻中的强势婆婆。

"那个事件?就是有两名小女孩失踪了,我在新闻上看到了。"

"竟然问我有没有看到可疑人物,最近不可疑的人才少吧。"

"我儿子?他人现在不在。"

强势婆婆警戒地看着老子。

"我不知道他何时回来。"

强势婆婆在隐瞒事情。老子身为刑警的直觉这么说。

"工作？我儿子的工作是公寓管理，就是自家的公寓啦。"

老子试着聊起随机杀人事件。

"唉，对啊。真是太悲惨了，那孩子还只是小学生呢。你们警察也真没用，到头来连个犯人都抓不到，所以才会被讲成是税金小偷啊。"

多讲讲那个随机杀人事件吧。

"你问够了吧。那么久以前的事，我才不想再去回想。"

那就让老子见见口罩男吧。

"不都说了他不在嘛！"

老太婆真的假的？故意刺她痛处，就是口罩男伤害自己女儿的事件。

"干什么问这个，你是在怀疑我儿子是那个事件的犯人吗？你们警方做事也要有限度，我儿子的事情已经结束了。别对附近的人乱讲话！"

老太婆生气了。

"况且那事件的起因也是因为儿媳妇啊。不知道是哪里来的酒家女，贪图我家财产才嫁过来，而且也不太做家务。儿媳妇嫁进来后我儿子就像变了个人一样。"

口罩男的前妻，老子也想见见她。

"那女人才不是离家出走，是被赶出去的。"

"小孩？她带走啦。"

强势的婆婆露出老子很烦快点滚蛋的眼神，但老子没有回去。

"我不知道她何时回来啊，毕竟都分开住了。而且不管来几次，我儿子都不会见你的，因为他很怕生。"

很怕生，不见人。既然这么说老子就一定要会会他。

"你真够烦的。我先声明，怀疑我儿子简直就是大错特错！"

事件什么的不管了，老子只想见见那个口罩男。

强势婆婆不理会老子，直接把门关上了。

给老子记住，不管要跑几趟老子都不会放弃的。

在贫民窟前遇到日比野的三天后，他联络我说有那对母女的消息了。我口中形容的那对母女，像是已经离开了贫民窟。听到这消息，我觉得至少她们现在不在那种恶劣的环境，心情上轻松了一点。

"我会用我们的网络找找看她们后来去了哪里。"

"非常感谢你。"

"医生，交换的条件是请您参加我们的研讨会吧。"

我无法拒绝。老实说我对参加那种社会活动感到很有压力，但是调查母女的行踪像是受了人家的恩情，而且我也很在意两人之后的消息。如果拒绝研讨会的邀请，日比野的这条线似乎就会断掉。

我和日比野约在贫民窟的反方向，位于车站南面的公车总站。到了约定的时间，一辆轮胎发出吱嘎声的老旧汽车停在我面前。驾驶座上的是日比野，后座坐着年轻女性。他催我上车，我便坐进副驾驶座里。

"就在这附近。"他一边说，一边频频看着后视镜。日比野车开得又快又急，不时地变换车道，也不打方向灯，还开进小路里。

"喂，你这样开好像在担心有人跟踪一样。"我有点紧张地说。

这时有个硬物抵住我的头，等我知道那是手枪时，坐在后座的女人的手已经绕到我脖子上。

"医生，我不想使用暴力，请照我的话做。"日比野说。

等我镇定下来后，下一秒鼻子跟嘴巴就被布捂住。闻到一股刺鼻的味道后，我逐渐失去了意识。

醒来时，我发现自己人在一间冷清的房间里。

天花板上垂吊着电灯，没有任何家具。跟日比野一起坐车的年轻女性坐在正对面，我的身后站着两名全副武装、体格壮硕的男人，两人都用黑布蒙着脸。

"研讨会什么的是骗我的吧？"

日比野没有回答。

"你们是解放战线的吗？"

"对，没错。"女人代替他回答了。她脸颊凹陷，一双凤眼感觉有点神经质。

"绑架我也拿不到赎金的。"

"我们没有这个意思，只是希望医生能协助我们。"

"协助？"

"对，协助我们的运动。"

"很抱歉，我没办法。"

女人站起来走到我面前，双手盘在胸前，俯视着我。

"你对这个社会没有任何想法吗？"

"这种话你去跟年轻人说吧。我自妻女过世以来，就极力避免和社会接触，今后也决定这样过一生。"

"意思是只要自己过得好就行吗？"

"随你怎么想，而且我不会赞同你们的做法。"

"那么你就赞同现今的政权吗？你要找的那对母女也是在现今政权的操弄下，促进歧视政策的牺牲者啊。"

"政府不是为你们实施了各种优惠政策吗？"

"那也是政府的陷阱。只向外宣传给予我们的保护和援助其实一点用也没有，这么做是要煽动你们的不满与嫉妒。犯罪的事情也一样。那是政权向媒体施压，只报道我们所犯下的案件，如此一来就一定会产生我们是危险分子的偏见。其实从统计的数字来看，跟你们的犯罪量差不了多少。"

"你们才是对政府有偏见吧，说到底政府为什么要如此大费周章呢？"

女人不耐烦地左右摇着头。

"你最好眼睛睁大看清楚点，权力是非常卑鄙的东西。那些人之所以会这么做，目的是为了让国民不满的矛头能够向外而不要对着自己。若大众互相仇视，就不用担心群众会团结起来，而他们也能够独占那些有限的利益。拥有权力的人所采取的手段，自古以来都没变过。"

自古以来都没变过的，明明是这种愤世嫉俗的反政府活动家，女人因为自己的话激动起来，但看起来就只是在自我陶醉而已。

日比野没有说话，冷冷地看着我的脸。

"绑架企业的经营者，或在特别区设下炸弹，这些做法我不认为就能够消除歧视。"

"那是因为你不知道特别区的真实状况才会这么说。"

"你们在那里被杀害的消息，我很清楚是解放战线造的谣。"

"那是事实，特别区是人类的杀戮工厂啊！虽说是人类，但从你们的角度来看，我们可能称不上是人类吧。"

"那个地方提供那些没受到社会福利的人职业和住处——"

"国民融和特别措施法的内容我清楚得很，不用听你复述一遍。这种鬼话你也信？你曾经看过有人从那里回来吗？"

"刚刚也说过，我在生活上尽量不跟社会接触，所以也几乎没有朋友跟认识的人。"

"在特别区里，除了劳动者之外一律被杀害，所以别说回来，都不会有人打电话或写信回来的。"

"你们是为了说这种话才把我带来的吗？"我对一直默默坐在那里的日比野说。

日比野没有回答，只是目不转睛地盯着我。

"不是说有事要请你协助吗？"回答的人仍是那女人。

"不好意思，我既没有炸弹的知识，也不会使用手枪。"

"我们才不是要拜托你这种事。"

"那要我做什么？"

"我们想请你动手术。"

"手术？"

"当然就是变脸手术啊。"

"这样不就跟你们的主张互相矛盾了吗？你们不是强调我们跟你们是平等的吗？"

"是这样没错，你们跟我们的不同之处只在于外观上的差异，除此之外没有任何差别。"

"既然如此，为何还要动手术？"

"这次连东京都增设了特别区，也修订了法律，以协助我们自立生活的名义,将我们收留在那个地方,而且是强制性的。"

"强制性?"我第一次听说,"可是比起穷困的贫民窟,那里比较好吧。"

"前提是如果特别区真如政府当局所说是梦想共同体吧。"

"意思是为了不让你们在那个特别区被杀掉,才要我动手术吗?"

"你似乎不相信我说的话,但这是事实啊。政府里面也有人认同我们的思想,所以透露情报给我们。政府当局如果派出特务队或警察开始逮人,光靠我们的组织是无法守护那些人的。因此,为了率先保护孩子们的安全,虽然是情非得已,但手术是最有效的手段。"

"我想回去了,我帮不上你们的忙。"我对日比野说。

我并不感到害怕,因为日比野的眼神跟那些为达到目的不择手段的人不一样。

"那可不行,你——"

日比野以手示意,制止女人讲下去。

"医生,说谎骗你,还把你带来这种地方,我很抱歉。喂,就让他回去吧。"

"可是,日比野先生——"凤眼女似乎不同意,但一对上日比野的眼睛便把话吞了下去。

"医生,若改变心意请跟我联络。如果你愿意动手术,有很多人的性命会因你而得救。"日比野咳了几声便走出了房间。

之后我的眼睛又被蒙起来,坐上车行驶一段路后,他们在诊所附近放我下车。

口罩男的家。叮咚,叮咚。

婆婆从主房登场。

"他不在啦，我不知道他去哪里，不是叫你别再来了吗？"

让老子见一见口罩男吧。

"不准给我守在门外。如果无论如何都要见我儿子就带搜查令来，我也会请好律师的。"

掐死你啊，请什么律师嘛。

"别再来了。"

才不要。老子明天还会过来。

老子无论如何都要见口罩男。

一连好几天都被婆婆赶出去，老子也很着急，着急得不得了。

"大叔。"女高中生走过来，拿了本女性杂志在老子面前甩了甩。

在干什么啊？

"大叔，是你吧，你看看这个。"她又甩了甩女性杂志。

"这本周刊杂志，周刊头条，灰色套装，写信约我的是大叔吧？"

约炮的。堕落的青少年。

不是老子约的，吵死了。老子冷冷地说。

女高中生抽抽鼻子，脸一皱，"搞什么啊。"

是犬女。

其实写信约你的就是大叔。态度突然一转的老子。

"果然。"穿短裙化浓妆的女高中生说，"马上走吗？我没多少时间了。"

老子不发一语跟着她。

女高中生一进到旅馆里就开始脱衣服。

"先付头期款吧。"

手伸出来要钱的女高中生。

老子每次一说话,脸就皱起来的女高中生。

她果然是个犬女。

老子嘴巴很臭吗?喂,说清楚讲明白!

老子随身带着牙刷,也带着口腔清洁口香糖和漱口水,口腔喷雾剂也每一小时喷一次。

这样老子的嘴巴还是很臭吗?

下个瞬间,老子的拳头不知怎的就往犬女高中生揍下去,犬女高中生的脸歪掉。

老子一把抓住她的咖啡色头发,把犬女高中生拎起来。

再给鼻子一拳,鼻子被打扁了。

这样就不臭了吧。

老子坐下来点着香烟。犬女高中生在地上熟睡。

用香烟烫那张脸以示惩罚。刺鼻的恶臭飘荡整个房间。

没关系,只有老子闻得到。

夜晚的搜查会议结束。

课长吊着眉叫我过去。

"你在干什么啊?"课长很生气。

"署里接到投诉了,对方是个很麻烦的老女人。她投诉说有个刑警每天都在她家附近徘徊,那个人是你吧?"

是那个强势的婆婆。给老子记住。

"听说你一直缠着说要见那家的儿子,你究竟在搞什么鬼?"

老子想见那个口罩男，无论如何都要见到他。

"搜查？别开玩笑了。为什么每天在家睡大觉的儿子会是这个事件的嫌疑犯？"

睡大觉？胡说八道的强势婆婆。口罩男明明会在深夜时在住家附近到处游荡。

但老子仍向课长道歉。老子鞠躬哈腰，露出卑微的笑容。

课长用轻视的眼神看我。

"你从明天起不用来搜查本部了。"

坐在眼前的青年露出促狭的笑容，那嘴角感觉的确很熟悉，但就算听到青年的名字叫作正树，记忆中的那层薄雾也没有立刻散去。

最后将这层雾吹散的那阵风，是他和我说话时的眼神。他的眼睛时不时飘来飘去，简直像是先来探路的犯罪者的眼神，这一点跟小时候完全一样。

正树比我的女儿里香稍长三四岁，小时候住在家附近。当时仍是"我们"跟"他们"没有任何芥蒂地生活在一起的时代。

正树常和其他几个孩子来家里玩，当时发现他回去后家里一定会有东西不见了，但我以为是小孩子的恶作剧，也就睁一只眼闭一只眼。可是长大后正树的行为却越来越恶劣，逐渐成为附近的问题人物而遭到大人们的冷眼相待。

里香死亡之后也没机会跟他直接见面，所以完全不知道正树在这附近住到了何时。

"你长大了呢。"虽然纳闷正树的来意，但我脸上仍堆着笑容。

"对啊，医生也完全没变呢。"

他长得比我高了。他像在物色东西，滴水不漏地扫视着房间的视线却跟孩童时期一样。

正树一直没有切入正题，于是由我先开口。

"你为什么今天要来找我？"

正树没有回答，只是咧着嘴笑。

"找我有事吗？"

"嗯，前一阵子我见到里香了。"

"什么？"

"真令人怀念呢。"

"不可能有这种事。"

"为什么？真的是里香，我不会弄错的。"正树嘴角挂着笑意，观察我的反应。

"里香已经死了。"

"那我见到的是鬼魂吗？"

"有可能只是长得像她的人吧。"

"我可不这么认为。医生，方便的话我想喝个酒什么的。"

我从橱柜里拿出威士忌和酒杯，放在正树前面。

"'森泽里香'是里香现在的名字。"

"……"

"医生，请您跟我说实话。"

"给人家做养女了。妻子过世，我也生病了。这种状况下，单靠男人是没办法养孩子的。"

"哎。"正树的声音听起来不以为意。

"……"

"还有一件不可思议的事。"

我的额头上冒出汗。

"里香应该和我一样是天狗,可是为什么前一阵子见到的里香却变成了猪呢?我记得里香的妈妈应该也是天狗,伯母很漂亮呢。"

我伸手拿咖啡。

"医生,您的手在颤抖呢,没事吧?"

"那不是里香,不可能有这种事。"

"这样的话我就通报政府当局让他们来调查。住处我也知道,我可以这么做吧。"

"……"

"医生,我不想喝这种便宜的威士忌,能喝那个白兰地吗?"正树指着橱柜说。

"想喝什么自己拿吧。"

正树拿出三瓶白兰地,两瓶放入自己的包中,另一瓶直接叼在嘴里,对着瓶口喝。

"最近我的生活连酒都喝不起了。"

"不好意思,我约诊的时间到了。"

"打扰您了吗?既然您不告诉我原本是天狗的里香为何变成猪的话,那我就回去了。"

"别再说什么天狗、猪的这种话!"我的声音不禁大了起来。

"哈哈哈,您是反对歧视吗?真不愧是身为知识分子的医生呢。"

"给我回去。"

"这可办不到,您若不告诉我将天狗变成猪的魔法,我是不会走的。"

"我哪知道这种事。"

正树一只脚抬在桌上,身体凑向前。

"喂,你可别小看我。"

我对他们没有任何偏见,所以才会不顾周遭的反对和朋美结婚。说他们的智商低,只不过是那些没有教养的人所灌输的观念。我们跟他们之间除了外表之外没有任何不同。然而,即使生物学上的解释是这样,但偏见这种观念根本不需要有科学根据或合理的说明,就像传染力强的病毒一样,一旦蔓延出去就难以根除。

自从妻子朋美死去,家里只剩我和年幼的里香后,我的身体很快就垮了。说我"血液遭到污染",反对我和朋美结婚的那些亲戚,我根本不奢望他们会给予帮助。

我的老朋友中有对夫妻一直没有孩子,那两人对人类很尊重,经济方面也很宽裕。

当然,那对夫妻也跟我一样对他们没有偏见。如果是歧视主义者,我就不会把宝贝女儿托付给他们,而且他们也不会接受里香。

他们说里香原本的模样就可以。可是当时的我开始对逐渐改变的社会感到惶恐。升学、就业、结婚等,社会上所有状况都对他们的歧视日益明显。

考虑到里香的将来,我决定动手术。这是我的医生生涯当中,唯一进行过的一次变脸手术,而我也坚信在当今的世道中,当时的决定并没有错。自此之后,我再也没见过里香。

"为了里香的将来,希望你能当作什么都没看到。"我握住正树的手恳求说。

"该怎么办呢？这得要看医生怎么做了。"正树话中意有所指，"毕竟通报当局，我也一文钱都拿不到。"

"钱是吗？"

"看诚意了，毕竟我们又不是不认识。只不过目前的时势本来就苦不堪言，而我们天狗又和你们不一样，没有任何资源，如果能支援我就是帮大忙了。"

那次之后，正树每次来家里都会厚脸皮地跟我要钱。可是说也奇怪，我竟然开始期待他的到来。

因为正树过来时，一定会提到里香目前的生活状况。从他的角度来看那是一种威胁，表示他会盯着里香不放，但我却能通过他得知长久以来见不到面的女儿的近况。把里香送给人家当养女时，我已经下定决心不会再见她。里香已经死了，我以这样的想法活到现在。正树的存在对这样的我而言，宛如一扇小窗，能够窥看到女儿现在的模样。

被搜查本部赶出来的老子。没有工作的老子。

大家都在嘲笑老子。把老子当没用的废物看。

老子进到署里的资料室。

二十七年前的随机杀人事件。被害者以及口罩男的名字。

未解决刑事案件。时效。

关于当时的搜查资料，老子反复读了好多遍。

一群白痴刑警。让犯人溜走了。

找到被害者的照片。

悄悄收进口袋里。

进到电脑室。

口罩男的事情始终挥之不去。

老子看着照片。

还是很想见到真人。

想象中的口罩男的脸闪过眼前。

再也忍不下去了。

两居室的脏乱的公寓。隔壁房传来孩子的声音。渗透到墙壁里，生活环境的臭味。老子和女人面对面坐着。

忘记换袜子了，老子很在意自己的脚臭。

女人是口罩男的前妻。

"和那个人分开之后，就再也没见过他了。"

不想去回忆的表情。

"那人还住在家里吗？"

还在，但他不见老子。老子很想见见口罩男。

女人很疲劳，打工结束所以很累。对人生也感到筋疲力尽。

女人泡了速溶咖啡。一边喝咖啡一边说话的前妻。

一边喝着那个黑色饮料，老子一边侧耳细听。

"我和第一任丈夫离婚后就去酒店上班，那人是店里的客人。他被公司的同事带来酒店，看起来很认真上进，事实上也的确如此。女人似乎都不靠近他，而公司同事也是为了捉弄他才带他来的。我对他稍微温柔一点似乎让他有所误会……之后就变成一个人来店里，我们很快就发生了关系。虽然觉得这人很奇怪，但我因为一个人带孩子也烦了，这个人刚好可以托付终身。"

资产家的富家公子迷上带着拖油瓶的酒店小姐，原来如此。

"刑警先生应该也了解为什么说他很奇怪吧。"

不了解。老子还没见到口罩男。

"店里的女孩子也都觉得他很恶心。"

恶心。啊，实在好想见口罩男。

女人突然站起来，把窗户打开。

喂，为什么打开窗户？又不热。臭吗？老子的脚臭吗？

你也是犬女吗？老子下意识握紧拳头。

"可以吗？"女人拿出香烟。

原来要抽烟啊，老子松了口气。

"因为他家很有钱，所以我老被说是贪图他们家的财产，他们家对我有孩子的事似乎也很不高兴。由于那人之前的相亲全都连战连败，担心再这么下去结不了婚，所以我们总算还是结了婚。不过，若说我完全不觊觎他们家的财产也是骗人的。"

你一开始的目的就只有这个吧。

"可是虽说家大业大，但钱包全都握在那个臭老太婆手里，那人对自己的母亲唯唯诺诺，我也不是省油的灯，所以每天都争吵不休。原本想忍到那老太婆归西，但因为女儿的那件事就离开家了。"

口罩男与这个女人的女儿。婚后很快就出生的女儿。

然而却发生伤害事件。被口罩男打伤的女儿，至今仍在住院中。

"就是说啊，女儿住院到现在他一句话也没说，愣在那里像是别人家的事情一样。现在是由我娘家的母亲和我轮流到医院照顾她。因为那件事的关系，害我女儿变成那样，但那个老太婆还一直怪罪是我的教育方式有问题。别开玩笑了！"

女人很愤怒。老子表情认真地听着。

"明明答应我要付女儿的医药费和儿子的学费，但那个吝啬的家如果不打电话催，就不会汇钱进来。"

果然是个强势的婆婆。

门开了。

"我回来了。"穿制服的初中生站在那里。

"他是我儿子。"

眼神凶狠，态度嚣张的小鬼。

"离婚时说要负担全部的学费，我就赌气让大儿子进私立学校就读。"

这制服果然是私立学校的。令人不爽的制服。

"刑警先生，那个人做了什么吗？"

中华新京拉面店，老板用围裙擦了擦手，走到老子面前。

光头的拉面老板，身材微胖，可能是拉面吃太多了吧，他太太很担心，时不时瞄向这里。

老子说出来意，拉面老板的表情终于安心下来。

拉面店老板一边看着天花板，一边回想着以前的事。男人点点头。想到了吧，那快说啊，关于口罩男的回忆。老子想了解口罩男的事情，再小的事也不打紧。

"嗯嗯，他啊，我想起来了，就是被随机杀人魔伤害的那个人吧。是的是的，我当然记得。事件发生在小学四年级的时候吧。被伤成那样的他真的很可怜，事件发生以前这孩子明明很开朗，但那次之后整个人都变了,变得很阴沉。他渐渐都不出门,被伤成那副德行会变成这样也是无可厚非。刚开始大家出于同情都对他很好,但毕竟是小孩子吧,后来开始有人捉弄他,逐渐演变成被霸凌的状况。可能和个性阴沉也有关系。他曾经跟我抱怨过'我什么坏事都没做,为什么会搞得这么惨?'上了初中后也成为霸凌的对象。"

"女朋友?没有没有。别说女朋友了,在学校跳民族舞蹈时都没有女生愿意跟他牵手,远足坐巴士时,也没有人愿意坐他旁边的位子,在教室里大家也都无视他的存在。说他很恶心,其实并没有什么特别的原因,只是因为大家都这么做,自己也跟着加入了霸凌的行列。谁叫他每天都臭着脸来上学,而且还戴口罩。那人果然是被随机杀人魔伤害之后才变得这么奇怪的,因为之前都会跟我们一起开开心心地打棒球。"

一本正经的大叔出现在老子面前,恭敬地递名片给老子。额头上冒着些许汗滴,太阳穴上的黑痣长着一根长毛。看起来像是认真严谨地穿衣服和走路的公司职员。可是这种家伙会性骚扰,会在电车中偷摸女高中生。

"对,他曾是我的职员。该说是有点怕生呢还是个性阴沉,反正他就是不适合跑业务,所以一直待在内勤。结果他也是同期人员中最慢熬出头的,而且以他的个性,要管理一个团队也很困难。"

"听到他这样伤害自己的女儿时我相当惊讶,毕竟他的个性很稳重。征兆吗?唔,这我就不知道了。"

"有没有特别的印象吗?倒也没有。啊,有了有了,我跟同期社员参加尾牙时是坐在他旁边,偶然巧合地聊到希特勒的话题,他突然话多了起来。听说他房间里满满都是关于第三帝国的书,那可能也是单纯的流言,但这部分也是大家对他退避三舍的原因之一。是的,是刻意避开他的,尤其是女孩子,她们说他很恶心。我觉得他很可怜,但想必也是外表的关系吧。他几乎一整天都戴着口罩。虽然其他人都说不是因为外表才疏远他,但那都只是场面话。"

我一直很担心那对母女,可是解放战线的口比野没有再来告诉我关于那两人的消息。既然我已经拒绝协助他们,我也知道他不可能理会我的请求,但每次电话铃声响起,我仍不禁期待是对方打来的。

偶然在中央公园看到那对母女被带出来,正是这个时候。

虽然离开了贫民窟,租房子仍然不容易吧,所以最后的容身之处就只剩下公园。

自特务队进行大规模扫荡以来,原本因危险而被禁止进入的中央公园,目前已经恢复成市民的休闲场所,天气晴朗的日子里也逐渐看得到来公园散步的老人或带着小孩来玩的一家人。

我在这时仍相信特别区是贫困者的救济设施,所以我以为那对母女肯定是在特别区过着幸福的生活。

不对,或许是我在自欺欺人。

"你加入了救国青年团?"

那一天,正树穿着救国青年团的制服前来,胸前别着绘有樱花与S型图案的胸针。

"我本来就一直是团员,因为是天狗所以始终没让我成为正式团员，最近终于受到认同了。"正树得意扬扬地说。

"你做了什么才获得认同的？"

"就是天狗狩猎啊。"

"天狗狩猎？"

"对啊，就是找出天狗，再把他们送到特别区里。"

听到这个，我想起解放战线女人所说的话。"特别区是在哪里？"

"就在东京啊，建在隅田川的对面。"

"找到他们后送过去……可是应该只有志愿者才能去特别区吧。"

正树一副好笑似的眼神看着我。"你在说什么啊？你不知道保护条例吗？"

"保护条例？"

"所有的天狗都要关进特别区的法律啊。"

"这是强制性的吗？"

正树点了点头。

"可是……"我把接下来的话给吞了下去。

"你是想说我自己也是天狗吧。因为我跟他们合作所以就不会被关进去，反抗的人、病人、女人或儿童就不行了。"

正树从钱包里拿出身份证明。

"像我这样协助猪的天狗，只要有这张身份证明就不会被逮捕了。"

"他们在特别区里做些什么？"

正树奸笑着说："我哪知道。"

我很在意那意味深远的笑容。

"应该还是有工厂的吧。像是汽车或电气化制品之类的，连住的地方也会由企业来提供才是……"

我想确认这件事。解放战线女人所说的"特别区是人类的杀戮工厂",闪过了脑海。

"你是在说石器时代的事情吗?"正树向我秀了秀脚上的靴子,"这皮靴很棒吧。"

"这也是特别区的产品吧。"

我内心暗自祈祷,那里是为没受到社会眷顾的他们提供工作和住处的地方,我如此安慰自己。

"那件也是哦。"正树用下巴指了指挂在墙上穿来的外套。

"因为我跟世界脱节了,所以不知道那里也制作这类的衣物品。"

"你没有患者吗?"

"最近患者急剧减少。"

"如果你喜欢的话,就多赚一点钱嘛。"正树瞄了我一眼,"像是对里香这样。"

"关于那个……"

正树扯着嗓门大笑,"开玩笑,开玩笑的啦。"他拍拍我的肩说。

我这么做不是为了自己,而是为了里香。即使一辈子都要跟正树维持这样的关系,为了女儿着想,我相信自己有能耐这么耗下去。更何况知道正树是执政党青年分部救国青年团的团员,更不可能惹他不高兴。

正树对于自己成为救国青年团正式团员似乎很高兴,心情比平时要好得多。

"吃吧。"他将装着肉干的袋子放到我面前,配着喝白兰地。

"好吃吧?这也是在特别区做的。"

"很好吃，竟然能做出那么好吃的食品，叔叔真是落伍了。"

"下次不只肉干，也带靴子给你吧。"

"谢谢。最近物价变高，这样就替我省一笔了，你人脉还真广。"

"才不是这样呢，呵呵呵。"

"怎么了吗？"

"你知道这靴子用的是什么皮吗？"

正树把靴子伸到前面，并注视着我的脸。

"看起来挺软的。"

"嗯，皮革果然还是要用女人才行。"

什么意思？

"难不成……"

正树笑了。

"女人的身体真的是很棒，活着的时候可以拿来享受，死了之后也不需要丢掉。皮可以做成靴子或衣服，而肉嘛——"正树一边笑一边将拿来的肉干，不对，是我以为是肉干的东西举起来摇了摇。

"这是……"

我把嘴里的肉吐出来，恶心地蹲在地上。

"下次我带沐浴乳来吧，那个肥皂沐浴乳不仅能洗得很干净，对皮肤也很温和。也是啦，毕竟原料是……"

这内容我实在听不下去，两手捂住耳朵跑去厕所呕吐。身后传来正树得意的笑声。

正树一回去，我便打电话给解放战线的日比野。他们所给的名片上，人类进步协会法人的电话还在使用。

"喂。"

"……"

"请问，日比野先生在吗？"

"您是？"男人的声音很小心翼翼。

"跟他说我是医生，他应该就会懂了。"

"你为什么知道这个电话号码？"

"日比野先生直接给我的。"

"我们会再跟你联络的。"对方只说了这句便挂断电话。

我无法冷静下来。既然知道特别区的真实状况，便再也无法像以前那样坐视不理，关在这间诊所里与世隔绝了。

如果帮那对母女动手术，她们或许就不会被送进特别区。这样的想法快要把我搞疯了。我想要做些什么，想要跟谁谈一谈。

等了很久电话都没打来。难道日比野也因天狗狩猎而被抓了吗？都已经过去一天了。

我坐在电话前，这时突然有人从背后拍我肩膀，我吓得转头过去。日比野不知何时已站在那里。

"我随意进来了。"

"原来你没事啊。"

"我才没笨到被警察或特务队给抓到呢。"从那个态度依旧看不出他有丝毫的害怕。

"听说你打电话找我？"

我说了从正树那里听来关于特别区的事，日比野面不改色静静听着。

"之前也跟你说过才对。你关在这间医院过着与世隔绝的生活，这段时间里已经有很多的天狗被送到特别区了。"

"可是，我还是难以置信，现今这个时代竟然会发生这种事。"

日比野眼神哀怨地叹了口气。

"你去隅田川看看吧，然后闻一闻从河川对岸那高耸的烟囱二十四小时排放的烟味。"

我没有继续问下去。

小女孩曾经穿着粉红色的运动服，开心地看着镜子里的自己。然而现在镜子里的只是个胡子拉碴、悲惨的中年大叔。

我拒绝动手术时，长得像朋美的女人流露出绝望的表情。我在不幸的母女面前垂吊了一条名为希望的绳子，母女俩拼命爬上来后又在她们面前把绳子剪断，我做了多么残酷的事啊。

"就算哭也改变不了什么，医生。您现在打算协助我们了吗？"

"要做什么尽管说，我会竭尽所能。"

几天后的深夜里，日比野牵着大约四岁的小女孩的手，出现在后门。

"需要花多长时间？"

"手术很快，可是还要看术后的状况，希望能在这里至少住个两天。"

"请你要小心，千万别被人发现。"

"这里只有我一个人，客人也不常来，所以没问题的。"

"上次那个救国青年团的男人呢？"

"他不会上来二楼的病房。"

"那我明天再过来。"

"请等一下,一次带太多人我也没办法开刀,最多一次带两个人来就好。"

"知道了。当局也在加强天狗狩猎的扫荡,请尽量快一点。"

"这孩子的双亲呢?"

"已经被带到特别区,跟这孩子的兄弟姐妹一起被带走了。"

"那这孩子今后该怎么办?"

"动完手术后,会让她在同志家里作为亲生孩子抚养。"

"同志?"

"对方当然是猪。这孩子会以猪的身份生存下去,只要不做DNA鉴定就不会被发现。"

"当局有预计做这种鉴定吗?"我担心起里香。

"现在光在处理全国各地抓来的天狗,应该已经没空管这部分了。"

听到这件事我松了口气,至少目前里香不会被送到特别区。我对自己的技术很有信心。虽然很久没见到她,但外表上现在应该也分不出来。

日比野回去了。

留下来的小女孩,抬头直勾勾地盯着我。这孩子清澈的双眼如何看待自己身处的环境,这个不合逻辑的现实世界呢。

"快进来吧,里头很暖和。"

"我也会死翘翘吗?"

"什么?"

"爸爸、妈妈和阿猛哥哥都死了,我也会死翘翘吧。"

眼前的孩子和那时的小女孩身影重叠。

"不会的,叔叔会保护你哦。"我微笑着握起那只小小的手。

隔天日比野带过来的也是女孩子。日比野脸上露出疲惫的神情。

"你没事吧?"

"我没事。倒是医生要小心一点,当局正在调查医生的事。"

"手术的事被发现了吗?"

"因为有很多没有执照的医生在做这件事。进行变脸手术的事现在如果被发现,就不只是吊销执照而已,连医生也会被送到特别区里的。"

"我有心理准备了。"

"请万分小心。"

为了拯救那些孩童,就算最后被送到特别区我也不后悔。我一点也不害怕,真是不可思议。之前的我一直像个行尸走肉,就算因此而丧命,也只不过是肉体和精神因为死亡而变得一致罢了。

入团之后,正树就一直穿着救国青年团的制服。每次见到这套如同暴力象征的制服,我就感到很厌恶,但在正树面前只能压抑这种情感。

那两名小女孩在二楼的病房里。为了不让正树发现,我注射镇静剂让她们睡觉。

"医生,我今天过来是有一事相求。"他的嘴角依旧挂着卑鄙的笑容。

"怎么变得那么正经?"

"因为我想做生意。"

"生意?"

"对,我想从事人才派遣的行业。"

"那跟我有什么关系?"

既然是这男人想出来的点子,肯定不是什么正经的事情。

"就是动手术啊,像里香那样,这也是在帮助人吧。"

"我不懂你的意思……"

"很简单啊,我去找小鬼介绍给你们这些变态的猪大叔,也就是色情业啦。不过若是我把猪的小鬼拿去做这种生意,被发现会很麻烦,像是儿童福利法之类的。关于这一点,如果是天狗的小鬼,当局也会睁一只眼闭一只眼吧。对客人说是猪的孩子,但其实是把天狗整形伪装成猪。"

这些话实在叫人听不下去,而且他还说得那么理直气壮。这个男人真是烂到骨子里去了!

"我做不到,你去拜托其他医生吧。"

"你有立场这么说吗?"

"如果是里香的事,我给你的钱应该已经够了。"

"不算够吧,而且我还要追加金额才行。"

"追加金额?"

"对啊,我要追加两个小孩子的封口费。"正树把手伸向我说。

"最近有两个小朋友来过诊所吧?"

正树抬头看着天花板,像是在说我知道她们在二楼哦。

"我不知道你在说什么。"

"医生真不会说谎啊,你以为我什么都不知道吗?这样的话就叫我们团员过来搜查一下这间诊所吧,这种权力我还有。"正树拿出手机说。

"等一下。"

"嘿嘿,懂了就好。我很快就会把天狗的小鬼给带过来。"

"你都不觉得良心不安吗?"我的声音因愤怒而颤抖着,"你生而为人的心不见了吗?"

"不会啊。那些小鬼再这么下去也只是被天狗狩猎给逮到,送到特别区杀掉而已。如果变成那些变态猪的玩具就能够活下来,不是很好吗?你不这么认为吗?医生。"

见不到口罩男,老子不会放弃。

老子埋伏着放学途中的小鬼。

当时那小鬼穿的制服,樱花徽章上绣有 S 字的胸针。笨蛋都进得去的私立中学。

发现口罩男的小鬼在看这里。老子笑容可掬地举起一只手。

小鬼对着老子一鞠躬。挺有礼貌的嘛,跟你父亲不一样。对了,这孩子不是口罩男的亲生儿子,怪不得跟他不像。

不讨喜的小鬼,用嫌弃的眼神看着老子。

放心吧,老子不是可疑人物,至少比你父亲正派。

"嗯,我偶尔会去父亲那里……是的,他大部分时间都在家里。工作吗?我也不清楚。不是靠租金生活的吗?"

小鬼目不转睛地看着老子说。

"你想见我父亲吗?这我就不知道了,可能很困难。"

几天之后。嗡嗡,手机在震动。屏幕上显示的是"小鬼"。

"刑警先生,今天下午我要去父亲那里,您的时间方便吗?"

立即决定。没有什么方便不方便,老子一直都很闲。

可是,除老子以外的刑警都忙得焦头烂额,事情却毫无进展。

那个案件或许已陷入云里雾里，听得见萝莉控的尖笑声。比起那个萝莉控，老子更想见口罩男。

穿着制服的小鬼站在车站前，老子在吃茶店里请他吃蛋糕和柳橙汁。

"抱歉，临时叫你出来。"

完全没问题，只要能见到口罩男，早上，深夜，老子都非常乐意出来。

"因为我打电话过去，父亲的心情似乎很不错。"

心情好或不好都无所谓，只要能见到口罩男就好。

你会去找父亲，真是孝顺呢。老子说着口是心非的话。

"哎，还好啦。"

骗你的，老子瞬间变成和蔼可亲的大叔，引诱他说出真心话。

老子这方面是高手，小鬼轻松地唱起歌。小鬼露出奸诈的笑容。

"你看到那栋房子了吗？那房子很大吧。父亲和祖母住在那里。祖母若去世，那房子总有一天也会变成父亲的。也就是说最后都会是我和妹妹的。父亲没有其他兄弟姐妹，我妹又变成那样，那财产就会由我一个人独占了。"

这小鬼真是坏透了，可是这个未来计划很厉害。

"只不过我不是父亲的亲生儿子，所以很担心。如果把财产全都给了妹妹不是很悲惨吗？最近似乎进行遗嘱信托的事，所以我才想去拍他马屁。这都要怪妈妈太傻了，竟然就这样离家出走。忍耐一点继续待在那边，我也就不用那么辛苦了。"

令堂真是位伟大的母亲呢，老子说。虽然心里压根儿不这么认为,老子还是这么说。

小鬼轻而易举就上钩了。

"她很糟糕啦,脑袋空空的,什么办法都不会想。明明是为了钱才结婚却搞成这样。我可不想过那种人生。母亲若死了或许就能回父亲家,不过妹妹不是还在吗?若没有人照顾我妹,生活就过不下去了,所以母亲死掉时最好连妹妹都跟着带走。但话说回来,妹妹又不是完全没有帮助。父亲对妹妹的事情也多少有反应,毕竟是亲生的孩子吧,我就怀疑他有没有把我当儿子来看了。哈哈哈,我不会为这种事难过,因为那个人就像定期存款一样,虽然不能马上提领,但我有名义上的存款。"

真令人作呕。他跟初中时的老子一模一样,但老子的父亲没有钱。这世界果然很不公平。

*

几天后,正树牵了个孩子来到我面前。

"这不是男孩吗?"我诧异地问道。

正树咧嘴笑着走过来,在我耳边小声说:"这个世界上人的喜好千奇百怪啊,医生。"

对方还是个少年,看上去像个初中生。

正树一边留意着少年的方向,一边悄悄对我说:"我对那小鬼的父母说要动猪的变脸手术帮助他逃走,而且还拿了钱。你别让小鬼知道真相,他若逃走就麻烦了。"

"你这个男人……"

"医生，这个生意今后可大有赚头呢。"

正树暗自窃笑着。

*

叮咚。小鬼按着门铃。

出来啊口罩男。别给老子出来啊强势的婆婆。

没有回应。儿子对着麦克风说话。

"爸，是我。"

没人回应。

但门微微打开了。终于要和口罩男见面了。

门缝间露出半张脸的口罩男。

口罩男一看到老子的脸，惊讶地瞪大眼睛。

他发现了吗？

"他是之前跟您提过的，我的朋友。"小鬼说。

但口罩男什么也没说，眼神没有离开老子。

"我进去喽。"

小鬼自顾自地闯进去。干得好啊，小鬼。

口罩男又看着老子。

个子矮小又很胖，脸上戴着口罩，戴着粗黑框且镜片超厚的眼镜，头发乱翘得厉害。

口罩男和小鬼两人交头接耳地讲悄悄话。

老子冒着汗。难道被识破了吗？

但什么事也没发生。

不认得老子吗?

是老子啊,不记得了吗?

房里整理得很整齐,亮亮晶晶的。小鬼和我坐在沙发上。

口罩男站起来,不知去了哪里。

小鬼忍住笑,往老子的脸凑过来。

"他去拿饮料过来,你看看。"

口罩男把玻璃杯放在托盘上,咔锵咔锵的声音之后,他回来了。

老子的是柳橙汁,儿子的是兑水的酒。果然脑子有问题,这个口罩男。

"爸,我不喝酒啦,不是说了很多次吗?"

口罩男没有回答。

"说了几百次每次都还是倒酒给我。"

老子决定喝兑水的酒,在勤务中也没关系。为庆祝和口罩男再度相遇。

干杯!

*

我将兑水的酒和柳橙汁放在两人面前。

不管少年也在场,正树仍嚣张地讲着天狗狩猎的事。

坐在旁边的少年不知道是不是在听我们说话,像在偷看似的时不时看向我。

我又和少年四目相对。

那一瞬间,我心中点燃小小的火苗。

似乎在哪里见过?

我试着搜寻记忆,却找不到少年的脸孔。

*

"患者刚刚回去。"

不知道他在说什么。

儿子又小声地解释给老子听。

"他以为自己是医生,而且把这里当作是诊所。"

小鬼忍着笑意,完全把父亲当白痴看。

这时突然感到天摇地动,世界剧烈摇晃,是地震吗?

怎么突然觉得很想睡,不过才一杯兑水的酒而已。

这时地板像波浪一样高低起伏。

口罩男看着这边。

小鬼也开始打呼。

"喂,正树,你怎么了?"

老子摇摇小鬼的身体,他睡得很熟。不对劲。

你在里头放了什么?

口罩男,喂,你在兑水的酒里放了什么?

站起来的老子,却又立刻跌坐下去的老子。

*

过了一会儿,少年开始摇摇晃晃。柳橙汁里的药效似乎发作了。

正树也靠在沙发上,发出鼾声。

时间差不多,已经没有退路了。

我走到窗户边,拿出预先藏在窗帘底下的球棒。

*

口罩男去哪里了?

实在困得不得了。眼皮慢慢垂下来。

口罩男回来了。

喂,那是什么?为什么拿着球棒?

你要用球棒做什么?

脱掉衣服的口罩男。穿着一条白色内裤的口罩男。毛发浓密的口罩男。

口罩男以穿着内裤的模样举起球棒。

小鬼在熟睡。老子的意识模糊不清。

口罩男认真地空挥着球棒。

球棒发出咻咻的声音。汗飞溅出来,口罩男的三层肚腩摇晃着。

口罩男突然看着这边。

怎么了?别看老子。

你想用那个球棒干什么?

口罩男走近。来到老子和小鬼的前面。惨了,得快逃。但身体使不上力。

口罩男默默地看着,面无表情地瞪着这边。

他架好球棒,要被打了。

挥棒。嘭!

当!

小鬼头部被球棒正中央击中。

喂,会死人的,住手!

口罩男继续挥棒。

嘭!

咚锵!啪哒!发出奇怪的声响。

不断地挥棒。

嘭!

咚锵!啪哒!

什么东西粘在脸上。

小鬼脑袋里的东西,溅到老子的脸上。

住手!

口罩男面无表情地挥棒,把儿子的头打得稀巴烂。

小鬼的血肉像雨一样洒下来。

口罩男把球棒放下。

呼吸急促,擦拭着额头上的汗。

似乎很满意,脸上露出充实的表情。

别看我,接着是轮到老子吗?

喂,是怎样?现在要打老子的头吗?

别过来!

意识越来越模糊。

＊

正树的头在流血，横躺在我面前。

只能这么做了。我一边调整呼吸，一边对自己说。

少年坐在沙发上，眼睛微张。

他没有睡着吗？不对，好像没有意识了。

为了保护你，我只好这么做。

执着于自己那无谓的逻辑思维，对于该出手拯救的生命见死不救，只有那对母女就够了。

我没时间休息。

和日比野带来的那些小孩子不一样，这个跟初中生差不多年纪的少年身体太大，没办法用两手抱他。

我将少年背到二楼的手术室。

＊

醒来了。

这是哪里，昏暗的房间。

逐渐想起来了。老子和口罩男面对面，口罩男挥舞球棒。

对了，小鬼被打死了。

老子活下来了。老子得救了。

老子躺在硬邦邦的床上。摸摸头，没有凹陷，脑浆也还在。

被打的只有那个小鬼而已。

老子坐起来，但头仍昏昏沉沉。

哎呀。簌簌。这臭味老子有闻过。

老子看着隔壁床。毛毯下露出四只小脚。

老子抓着毛毯的一角，心惊胆战地看着里头。

呜，强烈的恶臭涌入鼻腔，日本所有的苍蝇都聚集在这里。

那是……

两名少女失踪的案件，解决。

老子升官升定了，肯定会得到警视总监奖。

搭档哭丧着脸，长官握着老子的手。

瞧不起老子的那些刑警也会露出尊敬的眼神，央求跟老子握手。

了不起的老子。实在太厉害了老子。

老子走下床。

咚。

脚仍站不稳，药效仍在。

振作起来啊，老子。

老子要抓住口罩男，变成英雄。

咔锵，门打开了。

口罩男走进来，推着手推车。手推车上摆着手术器具。身穿白衣头戴白帽，手戴着橡胶手套。

这是什么打扮啊，口罩男。

老子要逮捕你。你是涉嫌绑架并杀害两名少女的杀人犯，而且还杀掉了自己的笨儿子。

老子说得好帅气。老子像在说连续剧里的台词。

可是舌头不听使唤。

*

准备完毕进入手术室时,少年醒来了,而且还站在手术病床旁。

少年一直盯着我看。看到那眼神,果然好像在哪里见过。

下一瞬间,我脑海中的某个记忆苏醒了。

跟那家伙很像。

那是在小学的时候。应该是放学途中吧,但记不太清楚了。我一个人在走路,和迎面而来的初中生擦肩而过。然后身后突然传来奇怪的吼叫声。我一转头,那个中学生就尖叫着朝我跑过来。

之后发生什么事我完全想不起来。

站在我面前的少年的眼神,跟那时的初中生很像。

恐惧与愤怒交杂的眼神。有可能因为从天狗狩猎下逃走,看到了可怕的景象吧。覆盖这个世界不合逻辑的地狱之火,火星甚至飞溅到纯洁的少年眼睛里。

"你什么都不用怕了。"

我走向少年,紧紧地拥抱他。

*

口罩男抱着老子。

喂,放手。老子要逮捕你。

但手没有力量。

口罩男一边哭,一边磨蹭着我的脸颊。

"都没事了,叔叔会救你的。"

这是什么意思?

男人的眼泪和鼻涕粘在老子脸上。

"手术很快就会结束,你会得救的。"

手术?手术是怎么一回事?

口罩男把我带到手术床上。用皮带绑住我的手脚。

快逃吧,老子。死定了啊,老子。可是身体却无法照着自己的意思做出动作。

住手,救命啊。拼命挣扎的老子。

口罩男凑近老子的脸。

那眼睛,就是那双眼睛!

二十七年前,老子初中时和一个小学生擦身而过,他抽了抽鼻子。

簌簌。

听错了吗?不对,真的听到了。

很臭吗?老子很臭吗?

老子哪会臭,觉得臭是你鼻子有问题。你这个犬小鬼。

等老子回神过来时,发现自己正拿小刀跑过去。

老子抓住犬小鬼。

犬小鬼在哭。老子按住他的头。

咔嚓。

号啕大哭的犬小鬼,那个眼神。

你果然就是当时的犬小鬼。

不记得老子吗?

口罩男在哭,一边哭一边不知道在说什么。

"手术结束后,日比野这个厉害的叔叔会把你带到安全的地方。"

日比野?日比野就是你吧,你不是日比野吗?

"你看看隔壁的病床,那些孩子也跟你一起逃出来了。"

逃?

他们已经死了吧,你在说什么啊,日比野。

死定啦,老子。得快点儿逃啊,老子。

日比野在老子的鼻子上涂上酒精。

日比野从手推车上拿起手术刀。

喂,很危险。把那个手术刀拿开。

日比野将手术刀抵在老子的鼻子上。

喂,住手。给老子住手。

*

刚刚又开始下起雨。

我站在窗边眺望着庭院,大雨中一只猫跑过庭院。

我沉浸在舒坦的疲劳与充实的感觉里。

少年的手术顺利结束。明天醒来时,就能看到重生后的自己吧。

正树的身体已经依解放战线的指示,分尸成一块块塞入波士顿包中。完全没有杀人的罪恶感,我只是在替天行道。

看了下时钟,日比野应该差不多快来了。正树的处理和孩子们的未来，交托给他就能够放心了。

为了拯救那些被虐待的人，今后也将奉献我自己。

我不会再活在过去。

HANA
©Keisuke Sone 2007
First published in Japan in 2007
by KADOKAWA CORPORATION, Tokyo.
Simplified Chinese translation rights arranged with
KADOKAWA CORPORATION, Tokyo
through BARDON-CHINESE MEDIA AGENCY.

图书在版编目（CIP）数据

鼻 /（日）曾根圭介著；李惠芬译 . -- 北京：北京时代华文书局，2019.5（2023.12 重印）

ISBN 978-7-5699-3026-9

Ⅰ.①鼻… Ⅱ.①曾… ②李… Ⅲ.①中篇小说－小说集－日本－现代 Ⅳ.① I313.45

中国版本图书馆 CIP 数据核字（2019）第 079498 号

北京市版权著作权合同登记号　图字：01-2018-8821

原书名：鼻
作者名：曾根圭介
原出版社：角川ホラー文庫

鼻
BI

著　　　者	[日] 曾根圭介
译　　　者	李惠芬
出 版 人	陈　涛
策划编辑	王雅观
责任编辑	徐敏峰　王雅观
责任校对	陈冬梅
装帧设计	王柿原
责任印制	刘　银　范玉洁

出版发行	北京时代华文书局 http://www.bjsdsj.com.cn
	北京市东城区安定门外大街 138 号皇城国际大厦 A 座 8 楼
	邮编：100011　电话：010-64267955　64267677
印　　　刷	三河市嘉科万达彩色印刷有限公司　电话：0316-3156777
	（如发现印装质量问题，请与印刷厂联系调换）
开　　　本	880mm×1230mm　1/32
印　　　张	6.25
字　　　数	139 千字
版　　　次	2020 年 7 月第 1 版　2023 年 12 月第 7 次印刷
书　　　号	ISBN 978-7-5699-3026-9
定　　　价	45.00 元

版权所有，侵权必究